河出文庫

古典新訳コレクション

与謝蕪村

辻原登 選

目次

与謝蕪村

夜半亭饗宴（シムポシオン）

春

日の光今朝(けさ)や鰯(いわし)のかしらより

「自筆句帳」一七七二年（明和九）

鰯のかしら＝節分に、鰯の頭を柊(ひいらぎ)の枝に刺して戸口にさし、炒(い)り豆をまいて悪疫(あくえき)退散、招福の行事を行う（『大辞林』第三版）。

節分＝①立春・立夏・立秋・立冬の称。②特に立春の前日の称。

立春＝太陽の黄経が三一五度に達する時をいい、太陽暦で二月四日頃。その前日が節分。制作年の明和九年の立春は一月二日（旧暦）で、節分はその前日の一月一日だった。

前日の夜に飾った鰯の頭を、お目出度い初日の出がまず照らした。ありがたさはいっそう募る。これで今年の吉は疑いなし、といきたいものだ。「鰯の頭も信心から」という俗言を踏まえて。

梅咲ぬどれがむめやらうめじややら

『句集』一七七六年（安永五）

むめ、うめ＝梅。漢字「梅」の呉音系の字音を写したもの。中古では mme と発音したので、「むめ」と表記された例も多い（『古典基礎語辞典』）。ローマ字表記 umë。仮名遣いをめぐって、安永五年一月に本居宣長が『字音仮字用格』を出版し、これに対して上田秋成(あきなり)が反駁(はんばく)する論争があった。蕪村と秋成は船で淀川を上り下りして親しく交流していた。この年二月、秋成は上洛して蕪村と会っている。この時、おそらく論争が話題になった。

どれが「むめ」でも「うめ」でもええやないか、「梅」でさえあれば、と学者流をからかったとみるだけでは、一句はつまらない。工案(くあん)する蕪村には別の心があって、「蕪村門にあって艶名を流した浪花(なにわ)の妓、梅女(うめじょ)に寄せた座興句であろう」(安東次男(あんどうつぐお)『与謝蕪村』)。さらに一つ、句中に散らした「ぬ」や「む」、「め」「う」「や」の字に注目しよう。まるで「梅」の花びらのようではないか。

蕪村にこういう句もある。

一輪を五ッにわけて梅ちりぬ　一七七〇年(明和七)か

しら梅に明(あ)る夜ばかりとなりにけり

『から檜葉(ひば)』一七八三年(天明三)

蕪村末期三句の一。天明三年十二月二十五日未明、ついに帰らぬ客となる。享年六十八歳。几董に「夜半翁終焉記」（『から檜葉　上』）がある。

病体いと静に、言語も常にかはらず。やをら月渓をちかづけて、病中の吟あり、いそぎ筆とるべしと聞るにぞ、やがて筆硯・料帋やうのものとり出る間も心あはただしく、吟声を窺ふに、

冬鶯むかし王維が垣根哉

うぐひすや何ごそつかす藪の霜

ときこえつゝ猶工案のやうすなり。しばらくありて又、

しら梅に明る夜ばかりとなりにけり

こは初春と題を置べしとぞ。此三句を生涯語の限とし、睡れるごとく臨終正

念にして、めでたき往生をとげたまひけり。

咲きそめた白梅の白に、白みそめた夜明けの白。白地に白糸の刺繍のレース。眠れる如く臨終正念とある。末期の息がそのレースを微かにふるわせる。

正念は、【仏】①八正道の一。邪念を離れ、真理に至ろうという心を保つこと。②往生を信じ、一心に思念すること。③浄土宗、浄土真宗で、他力の救済を確信すること。蕪村は「釈蕪村」と署名するほどの熱心な浄土宗徒であった。

芭蕉最後の病中吟「旅に病で夢は枯野をかけ廻る」と「しら梅」の句を並べて比較するよりも、重ねて響かせてみる。

もう少しこの梅林を歩みゆかむ光にしづむあの一樹まで

河野裕子（一九四六－二〇一〇）、晩年に病を得ての歌である（歌集『蟬声』）。蕪村の句があの一樹として立っている。

それにしてもなぜ「白梅」でなく「しら梅」なのか。白とシラ（シロ）は違う。漢字の白は、「されこうべ」が字源（象形）で、雨露にさらされて白くなるので、白色の意となった（白川静『字通』）。中国語では、葬式を白事と書く。

シラとは何か。沖縄など南島の稲魂・産屋を意味するシラ、アイヌの神シラル・カムイ、ジャワ語の光線を意味するシラ、サモア語では稲妻。エスキモー・シャーマニズムでは〈シラ〉は世界、天候、地上のあらゆる生命を支える大いなる精霊を指すという。大和語でも同じ。日本最大の信仰の山の一つ、白山は元来シラヤマと呼ばれていた。白浜は白砂の浜であり、神々が降り立つ浜。蕪村が知らぬはずはない。だから使い分けた。

白梅やわすれ花にも似たる哉　一七七八年（安永七）以後

春雨や小磯の小貝ぬるゝほど　『句集』一七六九年（明和六）

「小磯」、「小貝」と「コ」の頭韻を踏むことで、春雨・小雨の濡れ具合が計られそう。「ぬるゝほど」の「ほど」によって春雨の感覚が捉えられる。「蕪村が、なによりもまず詩中に画を見る画俳（がはい）であったこと、事物を『小さなもの』として略筆化してゆくきの、線描の簡潔な美しさを、見逃すわけにはゆくまい」（安東次男『与謝蕪村』）。そなるほど、事物を、世界をいったん小さく縮めて見せて、その中に我々を誘う。その中にいると、広がるのは大宇宙だ。壺中天（こちゅうてん）のダイナミズム。
しかし、こんな句もある。

稲づまや浪（なみ）もてゆへる秋津しま　一七六八年（明和五）

まるで天の高みから地球をのぞき込んでいるような。

万（まん）歳（ざい）や踏（ふみ）かためたる京の土　自画賛　一七六九年（明和六）か
（万歳の踏かためてや、とも〔『落日庵』〕）

万歳＝千寿（せんず）万歳・千秋（せんず）万歳。門付（かどづけ）芸の一つ。年の始めに家内安全、長寿繁栄を祝う太夫と才蔵が滑稽なかけあいをする。ボケとツッコミ。京都には正月、処々から万歳師が訪れて、都の繁栄を祝った。

京に住むことの喜びと誇り。地方人も京の繁栄を遠くから誇りに思いつつ、日々をいそしむ。蕪村にはその両方の心持ちを喜ぶ風情と風流があった。

離落

うぐひすのあちこちとするや小家がち

「自筆句帳」一七六九年（明和六）

小家がち＝庶民の粗末な家が点在する。『源氏物語』の「夕顔」の次の条りを思い浮かべる。

「遠方人にもの申す」と、〔源氏が〕ひとりごちたまふを、御随身ついゐて、「かの白く咲けるをなむ、夕顔と申しはべる。花の名は人めきて、かうあやしき垣根になむ、

咲きはべりける」と、申す。げにいと小家がちに、むつかしげなるわたりの、
このもかのも、あやしくうちよろぼひて、（以下略）

（『源氏物語　一』「新潮日本古典集成」）

佐藤春夫の「わが愛句十二月」にこの句の鑑賞がある。「語意よりもその語音のあちこちは近い枝から枝へ飛び移るのだし、小家がちのちはやや遠くへ飛び立ったのでもあろうかと、このちは音がわざとらしくなくよい利いている」

現実の小さなものをより小さくすることで、逆に世界を広げる蕪村独特の描法。意外と声に出して詠んでみるほうがそれが納得できる。

だが、それだけではない。前書に「離落」とある。しかし、離落という漢語はない。籬落の誤記とされている。籬落はまがき、かきね。

「あちこちとするや」は「と」の字余り。では「と」は不要か。「あちこちするや小家がち」では駄目か。安東次男の言うように、「切字『や』と相俟って、『あちこち』のチ音と『小家がち』のチ音とを区別するための、心にくい小休止の働」（『与謝蕪村』）か。そういう工夫が見えてくると、前書の存在が気になる。句の外にある籬、うぐいすは句の中、つまり庭にいて小枝移りをしていたが、ついと句の外に、垣根の

外へと飛んで行った。文字（漢語）と自然美がつくり出す春の動きある時空が実現する。

蕪村には鶯の句は五十数句ある。

鶯の枝ふみはづす初音かな
鶯の日枝をうしろに高音哉
日枝＝比叡山。
うぐひすや堤をくだる竹の中
うぐひすや家内揃ふて飯時分
撞木町うぐひす西に飛去りぬ

較べて、芭蕉にはわずか五句しかない。
「時鳥はいひあてる事もあるべし。うぐひすは中々成がたかるべし」と芭蕉は歎息している。なぜだろう。
春のうぐいす、夏のほととぎす。古来、詩歌のスター。

一声の江に横ふやほと、ぎす　芭蕉

ほととぎすの声には超俗、非常の気迫がある、と虚子の『季寄せ』にはある。

一片ノ花飛ンデ減二却ス春ヲ一

さくら狩美人の腹や減却す　「自筆句帳」一七七七年（安永六）

前書は杜甫「曲江二首」より。春の推移を「減却」と詠んだ。

美人＝生活の匂いがしない女性。もちろんみめうるわしくなければならないが。しかし、「美人」という言葉も、それを詠む詩もそれまでほとんどなかった。

杉下元明『江戸漢詩――影響と変容の系譜――』（二〇〇四年）によれば、十八世紀後半、漢詩を中心に「美人」を詠むという傾向が生まれ、定着してゆく。しかし、眼前の光景としての美しい女性でなく、想像裡に描く女性を「美人」とする。有名な漢詩人祇園南海（一六七六－一七五二）に「半面美人図」がある。半面美人とは、顔を半分隠した美人のこと。同時代の荻生徂徠（一六六六－一七二八）に「美人半酔」「美人分香」などの詩があった。太田玩鷗（一七四五－一八〇四）では、美人の角力取り、騎手、蹴鞠選手などが登場する。あくびをする美人もいれば、ホタルを採る美人もいる。こうなると想像上の美女、取り澄ました美女ではない。

蕪村には他に、「青梅に眉あつめたる美人哉」がある。これは美女西施が胸を病み眉を寄せた故事を踏まえて、青梅の酸っぱさに眉を寄せるとしたパロディーだが、芭蕉には有名な『おくのほそ道』の中に「象潟や雨に西施がねぶの花」がある。

腹を空かせた美人のほうがよほどエロチックだ。

海手より日は照つけて山ざくら　一七七五年（安永四）

花に遠く桜に近しよしの川　一七八二年（天明二）

又平に逢ふや御室の花ざかり　年次未詳

壬生寺の猿うらみ啼けおぼろ月

『夜半叟』一七七八年（安永七）以後

おぼろ月（朧月）。春の夜の温気にほのかにかすんだ月。月は秋の季語、しかし、おぼろ月は春。

壬生寺（中京区）、江戸期には三月十五日〜二十四日に催された壬生狂言が有名。

猿。月下に啼く猿の声の哀切さには特別なものがある。「猿声」とくれば、夙に有名な李白の詩「早発白帝城」。

早発白帝城
朝辞白帝彩雲間
千里江陵一日還
両岸猿声啼不住
軽舟已過万重山　平声删韻

早に白帝城を発す
朝に辞す　白帝彩雲の間
千里の江陵　一日にして還る
両岸の猿声　啼いて住まざるに
軽舟　已に過ぐ　万重の山

『唐詩三百首3』（蘅塘退士編、目加田誠訳注、東洋文庫267、平凡社）

うらみ（恨み）はウラ（心）ミル（見る）の転とする語源説あり。歌では恋の詞。

壬生狂言の演目に「猿」や「猿引き」があり、滑稽なしぐさばかりしている「猿」でも、こんな美しい朧月夜の下だとその啼き声は叶わぬ恋の嘆きとも訴えとも聞こえよう。

山中でなく、都の真ん中（中京）で、狂言に寄せて猿の声を聞かせたところがミソか。

　　よき人を宿す小家やおぼろ月

よき人（貴人）を迎える貧しく小さな家の上にもおぼろ月。『源氏』「夕顔」の「小家がち」の条(くだ)りを思い出す。夕顔は物の怪(け)にとりつかれて急死してしまう。このことを知って、句を読むと何とも切ない。

　　さしぬきを足でぬぐ夜や朧月

さしぬき（指貫）。古代から中世に着用された男性用の袴(はかま)。となると、先の句と合わせて読めば、事を急いでいる貴人（光源氏？）の姿が髣髴とする。別に貴人でなくともよいが。

　　月天心貧しき町を通りけり

「秋」の章で取り上げるが、同じ月でも何という違いだろうか。

　　菜の花や月は東に日は西に　　『句集』一七七四年（安永三）

菜の花の種（菜種）から搾る菜種油は当時のエネルギー源。淀川両岸を中心に畿内一帯は三月から四月にかけて菜の花に埋め尽くされた。

この頃（十八世紀後半、一七七六年四月）、長崎から江戸へ向かうオランダ商館長一行の中にスウェーデンからやってきた博物学者ツュンベリーがいて、淀川沿いの田園に広がる菜の花一面の光景に讃歎の声を上げている。

当時、大坂から江戸へ八万樽以上の油が檜垣廻船で運ばれた。一樽は七十二リットル。「油を売る」は、菜種油の行商の最中に台所などで話し込んでしまうことから。近松門左衛門の『女殺　油地獄』は、大坂の油商豊島屋を舞台とした男女の愛憎劇。大量の油がこぼれる中での殺人。

菜の花や和泉河内へ小　商

また油の搾り滓は干し鰯とともに、最も重要な肥料だった。

「菜の花」の句は、前の「おぼろ月」の艶から脱して、世界を広角度に捉え、展開する。東に出る白く大きな月、西に沈みかけた太陽。月から太陽へ、東から西にかけての地球規模の時空がある。しかも、この時空は刻々と動き、変化する。

東の野に陽光の立つ見えてかへりみすれば月傾きぬ

柿本人麻呂

『万葉集』巻一・四八

蕪村はこの人麻呂の歌を反転させたのである。

「菜の花」の句の光景に、「春の海終日（ひねもす）のたり〳〵かな」を重ねてみる。菜の花畑が瀬戸内の海に変貌する。

瀬戸内海は、地球上で最も温暖、風光明媚な地中海（Mediterranean Sea）であり多島海（Archipelago）である。

家々や菜の花いろの燈（ひ）をともし

蕪村より二百年後、瀬戸内海の詩人木下夕爾（ゆうじ）（一九一四－一九六五）にこの句がある。

春の海終日（ひねもす）のたり〳〵かな

「自筆句帳」一七六三年（宝暦一三）以前

地中海（瀬戸内海）に浮かぶ無数の島々が船のように静かなうねりに揺られている。

高麗舟のよらで過ゆく霞かな　『句集』一七六九年（明和六）

高麗舟。高句麗は古代朝鮮の一国、高麗は十〜十四世紀に朝鮮を統一した王朝名。高麗は狭くは高句麗のことをいうが、また広く朝鮮半島の地をさす語。高麗の地名は日本にもいくつかある。

高麗舟は朝鮮の船と考えるほうがよい。古代高麗の船とすると、句はただ空想の世界に漂うのみだ。

蕪村が見たのは、将軍の襲職を祝う朝鮮通信使一行の大船団である。きらびやかな飾りにおおわれた数百隻の船が瀬戸内海を江戸をさして行く。次はどこへ寄港するのだろうか。朝鮮政府第一級の知識人、文人を擁した外交使節団は各地で日本の知識人たちと漢詩のやりとりなど交流しながら旅をつづけた。

彼らは大坂で海船から幕府が用意した数百隻の川船に乗り換えて淀川を遡り、京に入った。蕪村は京都で通信使の行列を見ているはずである。あるいは兵庫で、また淀川で。この時はおそらく宝暦十四年（一七六四）、十代将軍家治の襲職を祝う朝鮮通信使だった。

菜の花や鯨もよらず海くれぬ

「自筆句帳」一七七八年（安永七）か

朝鮮通信使の船団が鯨に変わる。

海が、風景として捉えられるのは蕪村においてである。外からやって来るものによって海が捉えられる。いずれ黒船がやって来るだろう。あるいは海の中に浮かぶ島、日本列島そのものを鳥瞰（ちょうかん）するが如（ごと）き句。

稲づまや浪（なみ）もてゆへる秋津しま

日本海と太平洋（まだ海に名前はない）に挟まれた花綵（はなづな）のような日本列島。いまにも荒波にのまれそうな姿が、稲妻の一閃（いっせん）のもとに眺められる。まるで気象衛星から覗（のぞ）くように。

蕪村の巨細（こさい）にわたる目が、一気にここまで働くのである。

誰（たが）ための低きまくらぞ春の暮

「自筆句帳」一七八〇年（安永九）

低きまくら＝男性用のくくり枕。女物は常に高枕。

場所は、春の夕闇迫る女の部屋。あとは想像におまかせ。

蕪村は人の寝姿をよく詠んでいる。

あちら向（むき）に寐（ね）た人ゆかし春の暮

遺稿　一七六九年（昭和六）

いとはる丶身を恨寐（うらみね）やくれの春

手枕に身を愛す也おぼろ月

と優艶な句がつづくが、

肘白き僧のかり寝や宵の春

……女気のない僧坊のことだから、あらぬ方へと気を回して、より艶なる気配が漂う。

黒髪のみだれもしらず打伏せばまづかきやりし人ぞ恋しき
和泉式部

かきやりしその黒髪のすぢごとに打伏すほどは面影ぞ立つ
藤原定家

いずれも「枕」とその周辺の世界である。

蕪村優艶句は、次で打ち止めとしよう。

色も香もうしろ姿や弥生尽(やよひじん)　　遺草　年次未詳

弥生尽＝三月晦(みそか)（末）。春の終り、「春の湊(みなと)」などともいう。「九月尽」は秋の終り。蕪村遺草に「美人のうしろ姿、弥生尽の比喩得たりと云べし」とある。昭和のかつて、「バック・シャン」という学生語がはやった。英語の back とドイツ語の schön をくっつけた言葉で、うしろ姿の美しい女性を指して言ったが、特にうしろ姿だけが美しい女性に使われた。モダニスト蕪村の面目躍如（？）

これきりに径尽(こみちつき)たり芹(せり)の中　　『句集』一七六九年（明和六）か

芹＝セリ科の多年草。春の七草の一つ。田の畦、小川の川岸などの湿地に自生。高さ四十センチぐらいになる。夏、白い小花をつける。

蕪村は「捷径」「細道」の詩人である。山野に引かれた小道、近道、土手道、市中の路地が、いつのまにか夢想の道筋となって、はるかなつかしい場所へと連れ出してくれる。

径の行き止まり、芹の繁茂する中で、芹の香りをかぎながら、我々は名状しがたいなつかしさに包まれる。

茶畠に細道つけて冬籠
細道を埋もやらぬ落葉哉
愁ひつゝ岡にのぼれば花いばら
路絶て香にせまり咲茨かな
花いばら故郷の路に似たる哉
桃源の路次の細さよ冬ごもり

最後に連れてゆかれるのは、

埋火(うづみび)や我(わが)かくれ家(が)も雪の中
屋根ひくき宿うれしさよ冬籠

わが帰る路いく筋ぞ春の草　『夜半亭蕪村』一七七八年（安永七）

安永七年三月九日、蕪村は淀川を船で大坂に下った。十五日、兵庫に逼塞(ひっそく)する弟子大魯(たいろ)を見舞った。その折、和田岬で歌仙興行、題は「春草」。長い前書が付いている。

客遊(かくいう)して諸子と和田の岬に会す。題を探(さぐり)て偶(たまたま)春艸(しゅんさう)を得たり。余感慨に堪(たえ(へ))ず。しきりに思ふ、王孫万里(わうそんばんり)今なほいづちにありや。故園の春色誰(た)が為に去来す。王孫の(ママ)君が遠遊にならふべからず、君が無情を学(まな)ぶべからず

「王孫」は貴公子の義、別れてゆく友人をさす。古代中国の『楚辞(そじ)』（戦国時代の国、

楚の詩・歌謡の集成、屈原の作品を主とする）の「招隠士」に、「王孫遊んで（旅に出て）帰らず、春草生じて萋々（草木がさかんに茂るさま）たり」と有名な句がある。加えて、唐代を代表する詩人王維（七〇一頃－七六一）に五言絶句「送別」がある。

山中相送罷　山中　相送り罷み
日暮掩柴扉　日暮　柴扉を掩う
春草明年緑　春草　明　年緑なるも
王孫帰不帰　王孫　帰るや帰らざるや
（山なかに友を見送り　夕暮れに柴の戸を閉ざす　来春もまた草が生い茂るとも君ははたして帰ってくるだろうか）

蕪村は王維を讃仰してやまなかった。「冬　鶯むかし王維が垣根哉」の句がある。

遠くへ去ってしまう友を見送ってとぼとぼと帰路を辿っていると、……道はいく筋にも分かれて……。

兵庫に追われて、貧しく暮らす大魯はすでに死病を抱えていた。
「わが帰る」の我とは誰を指すのか。
①むろん、蕪村自身としてもいいのだが、それでは動きが逆になる。旅人は蕪村なのだから。
②患っている大魯の心中を察して、大魯を「我」となして、去って行く蕪村を見送ったあと、帰路の道半ばで芹の生い茂る中に立ち尽くす大魯。
③やはり、「我」を蕪村自身とする。句意を思い切り広く取って、「我道」に蕪村の人生の姿を重ねてみる。蕪村の出生には謎が多い。一応、大坂、淀川べり毛馬(けまむら)村の生まれとされているが、母親もまた定かでない。母親は若狭、与謝(よさ)の出身らしいが。
芭蕉もまた出生の秘密を抱えていた。

此道(このみち)や行人(ゆくひと)なしに秋の暮　　芭蕉

大魯は、蕪村を見送っておよそ八カ月後に死んだ。蕪村はわざわざ兵庫に遺族を弔問して(安永八年春)、一句を手向けた。

泣に来て花に隠るゝ思ひかな

橋なくて日くれんとする春の水

「自筆句帳」一七七五年（安永四）

陶淵明の「桃花源記 并 詩」の物語と、蕪村がそれに触発されて描いた「武陵桃源図」や「山水図屏風」などを覗いてみる。

川の両側に桃の林があり、遠くに桃源郷への入口を隠している岩山がある。川のどこにも橋はない。川は渡るものではなく、遡るものである。

とすると、この句にはまた違った味わいが生まれる。春の水は上流はるか、桃源郷を水源として流れてくるのだ。「橋なくて」とは、対岸への誘いではなく、水源への誘いなのだ。

しかしまた、春の暮れ、川向うへ渡ろうとして、橋のないことに気づいた空漠感、徒労、彷徨感もある。魂だけがさまよい出て、渡ってゆくのかもしれない。

蕪村には、川渡り、沢渡りの好みがあったようだ。みな浅い川の流れだ。

　夏河を越すうれしさよ手に草履（ざうり）
　足よはのわたりて濁るはるの水

「足よは」は無論、女性である。彼女の脛（はぎ）の白さが川面（かわも）の反射光にきらめく。

　夕風や水青鷺（あをさぎ）の脛（はぎ）をうつ

と青鷺の脛へと移る。

　秋雨（あきさめ）や水底（みなそこ）の草を踏（ふみ）わたる

今度は足裏の感触である。

春の水すみれつばなをぬらし行

陶淵明（三六五－四二七）――東晋の詩人。宋に入ってから陶潜と改めた。一時、県令（知事）に就任したが、八十余日にして「五斗米のために腰を折らず」として毅然として隠棲し、農耕に従事して生活した。晋・宋代を代表する詩人。「帰去来の辞」「桃花源記幷詩」等。

桃花源記幷詩（桃花源の記　幷びに詩）

淵明の描き出したユートピア物語。いうまでもなく彼の全作品の中でも出色の出来ばえで代表作とされている。

晋太元中、武陵人捕魚為業。縁渓行、忘路之遠近。忽逢桃花林、夾岸数百歩、中無雑樹、芳華鮮美、落英繽紛。漁人甚異之。復

晋の太元中、武陵の人、魚を捕うるを業と為す。渓に縁うて行き、路の遠近を忘る。忽ち桃花の林に逢う、岸を夾むこと数百歩、中に雑樹無く、芳華鮮美にして、落英繽紛たり。漁人甚だ之れを異しむ。復た前み行きて、其

前行、欲窮其林。

の林を窮めんと欲す。

晋の太元年間、武陵に、魚取りを生業としている男がいた。ある日、谷川に沿って船をこいで行くうちに、どれくらい行ったか忘れたが、突然、一面に咲きそろった桃の林に出逢った。川を夾んだ両岸には数百歩のあいだ、桃以外の木は一本もなく、芳しい花が鮮やかに咲き誇り、花びらのひらひらと舞い落ちるさまが実にみごとだった。漁師は甚だ不思議に思い、さらにさかのぼって、その林の奥まで見とどけようとした。

晋太元中＝晋の孝武帝の年号（三七六－三九六）。武陵＝郡の名。今の湖南省常徳県の西。

林尽水源、便得一山。山有小口、髣髴若有光。便捨船従口入。初極狭、纔通人。復行数十歩、豁然開朗、土地平曠、屋舎儼

林は水源に尽き、便ち一山を得たり。山に小口有り、髣髴として光有るが若し。便ち船を捨てて口より入る。初は極めて狭く、纔かに人を通すのみ。復た行くこと数十歩、豁然として開朗なり。土地は平曠にして、屋舎は儼

然。有良田、美池、桑竹之属。阡陌交通、雞犬相聞。其中往来種作、男女衣著、悉如外人。黄髪垂髫、並怡然自楽。

然たり。良田、美池、桑竹の属有り。阡陌交り通じ、鶏犬相聞こゆ。其の中に往来し種作する男女の衣著は、悉く外人の如し。黄髪・垂髫、並びに怡然として自ら楽しめり。

林は水源のところで尽きて、そこに一つの山があった。その山に小さな口があって、何かしら光線が射しているようだ。そこで船から下りてその口にはいりこんだ。最初のうちはひどく狭くて、やっと人ひとり通り抜けられるくらいだった。さらに数十歩行くと、からりと開けて、土地は広く平らに、立派な家屋が立ち並び、よい田畑、美しい池、桑や竹の類があった。道は縦横に通じ、ニワトリや犬の声が聞こえた。その中を行きかい、畑仕事をしている男女の服装は、どれもみな外国の人のようであるが、老人や子どもまでみなにこにこしていかにも楽しげである。

『陶淵明全集』（松枝茂夫・和田武司訳注、岩波文庫）

昼舟に狂女のせたり春の水　遺稿　一七八一年（天明元）か

昼舟＝淀川を通う船。淀川は京都と大坂を結ぶ大動脈だった。昼船と夜船があり、常時千隻近い上り下りの船が航行していた。

狂女＝謡曲「桜川」「隅田川」の狂女か。彼女は子供を失って彷徨する。狂女を遊女と読み換える。

淀川には遊女船も浮かんでいた。「江口」の遊女が有名である。彼女たちは船中で客を取り、管弦を奏で、歌をうたい、舞いを舞った。その中に「桜川」「隅田川」の狂女を演じる女がいてもいい。

無論、この場合、ほんものの狂女のほうが格段と面白い。

うつゝなきつまみごゝろの胡蝶哉

「自筆句帳」一七七三年（安永二）

「うつゝなき」と言いながら、念入りに蝶の「つまみごゝろ」を確かめている。

蝶の柔らかな、いまにもつぶれそうな胴体部を捕虫網の中から、親指と人さし指でそっとつまみ上げた時の、蠱惑的な子供の頃の昆虫採集を思い出す。あれはまさに「うつゝなきつまみごゝろ」だった。幼年時代の思い出とは、まさにそういうものではないだろうか。うつゝなきつまみごゝろ、とは我々の、あったかどうか分からない幼年時代の謂なのではないだろうか。「うつゝなき」と声に出し、「つまみごゝろ」とつぶやく。とそこに虹のように架け渡されるのが蝶の飛翔だ。

別に、『荘子』の「斉物論」篇にみえる「昔者、荘周　夢に胡蝶と為る」をも踏まえている。

ある時、荘周が夢のなかで胡蝶になった。ひらひらと空を舞う蝶。彼はすっかりいい気持になり、自分が荘周であることを忘れてしまった。しかし、目が覚めてみると、荘周にかえっているが、蝶になった自分があまりにも鮮かだったので、荘周が蝶になった夢をみたのではなく、自分は本当は蝶で、荘周になった夢をみているのではないかと疑わずにはいられなかった。

夢と現の反転可能性を『荘子』は語っている。

ここで、夢と現について批評家山城むつみの卓見を紹介する（山城むつみ「コギトについて」）。山城は、荘子の夢について、夢と現の反転可能性を否定する。

「じぶんが本当は蝶であって、荘子になった夢を見ているだけではないかと疑えるのは、彼が荘子であるときにかぎられる。いいかえれば、じぶんに起こっていることを疑いえないということが夢を構成するのであり、それを疑いうるということが現実を構成するのである」

芭蕉の次の吟がある。

何よりも蝶の現ぞあはれなる　歌仙「木のもとにの巻」付句

うたゝ寝のさむれば春の日ぐれたり

「自筆句帳」一七八一年（天明元）

多分、蝶の夢も、春の夕方のうたた寝においてだったろう。夕方のうたた寝は危険きわまりない。蝶になる程度ならいいが。

逢魔(おうま)が刻(とき)である。夕刻のうたた寝から覚めたとき惨劇が起きる、柳田國男(やなぎたくにお)の「山に埋もれたる人生あること」は余りにも悲しい。

胡蝶の「つまみごゝろ」と琵琶(びわ)の「抱心(ごころ)」を比較してみよう。


ゆく春やおもたき琵琶(びは)の抱心(だきごころ)　　遺稿　一七七四年（安永三）

胡蝶が重く、琵琶が軽くなる一瞬が必ず来る。

俳句は、一句鑑賞より、何句か重ねてみるのが面白いようだ。並べるより、ほんとうに重ねてみる。


春雨や菜めしにさます蝶の夢　　『句集拾遺』年次未詳

雨の降る中、夢と現(うつつ)の境界をなくして、蝶になって飛び回っていると、菜飯の炊けたにおいで目が覚めた。

唐代伝奇に「枕中(ちんちゅう)記」がある。盧生(ろせい)という世に不平不満たらたらの男が、道士からもらった枕で眠ると、黄粱(きび)飯を蒸しているあいだに、一生の栄華の夢をみて目がさめ、栄枯盛衰の理(ことわり)を知るという話（「黄粱一炊(こうりょういっすい)の夢」）。謡曲「邯鄲(かんたん)」の元話でもある。

先の荘周の蝶の夢と「枕中記」を十七文字で一つにした蕪村の離れ技。

同工異曲に、「春の夜の盧生(ろせい)が裾(すそ)に羽織かな」がある。多分、遊女が掛けてくれた羽織だろう。

春雨やものがたりゆく簑(みの)と傘(かさ)　「自筆句帳」一七八二年（天明二）

たまたま出会った蓑を着た人と傘をさした人が、盧生や荘周の夢を話題にして行き過ぎるのか。それとも、昨夜の茶屋の思い出か。それとて「胡蝶の夢」のようなものかもしれない。

春雨や暮なんとしてけふも有

「自筆句帳」一七八二年（天明二）

「けふも有」について、蕪村は「『今日も有』の字、下得たりと存候」との自負を付記している。

何が有なのだろうか。「けふ」という日が、「きのふ」と同じように有という。流れているのは日常の時間、暮らしそのものであり、その中にこそ私は有る。「けふ」も有り、「私」も有り、その「有」が夕暮れの中で、「小磯の小貝ぬるゝほど」の雨に濡れている。

他に「春雨」の句を幾つか。

春雨やゆるい下駄借す奈良の宿

鼻緒のゆるんだ下駄を貸すなんて、いかにも奈良らしい。

春雨や蛙の腹はまだぬれず

鳴きも跳びもせず、ただじっと動かないカエル。柔らかな白い腹だけが脈打っている。

花とりのために身をはふらかし、よろづのことおこたりがちなる人のありさまほど、あはれにゆかしきものはあらじ。

花を踏し草履も見えて朝寝哉

『句集』一七七六年（安永五）か

「右の句は、四条ちかきわたりなる木屋町に、なにはの人の旅やどりして有けるを訪ひての口号なるを、（……）」と付記してある。

沓脱ぎには桜の花びらのついた草履もみえて、昨日の花見はよほどあちこち歩いたのだろう。花疲れで朝寝とはあはれにゆかし、と最大級の讃辞の前書を付けてある。さて、木屋町の宿に泊している大坂の人とは誰だろう。男だろうか、女だろうか。女なら先の吟、「さくら狩美人の腹や減却す」の余情がここまで引いている。男なら、数多い大坂の同人、友人の中から、とりわけ蕪村の畏友上田秋成を選びたい。秋成だと、前書の讃辞がふしぎに意味深く思えてくる。

花の香や嵯峨の燈火きゆる時

「自筆句帳」一七七七年（安永六）

嵯峨は桜の名所。朝寝する人は、その前日、嵯峨野に桜狩り（花とり）して、時を忘れ、夜桜の灯が消えた瞬間、闇の中に、はじめて花の香が漂うのを聞いた。

匂(にほ)ひ有(ある)きぬもたゝまず春の暮

「自筆句帳」一七八〇年（安永九）

匂ひ有きぬ＝花の匂いがこもった衣。

「衣に花の匂ひとゞまりて軽き麻衣もものうくおもたき也」（安永九年十月上旬、几(き)董(とう)宛蕪村書簡）。

これは女性の衣ではなく、花とりを一緒にたのしんだ女性の移り香が残る朝寝する人のものか。

いずれにせよ、形なきものに形を与えるものとしての漢字「有」。


花影上ル二欄干一ニ、山影入ルレ門ニなど、すべてもろこし人の奇作也。されど只(ただ)一物をうつしうごかすのみ。我(わが)日のもとの俳諧の自在は、渡月橋にて

月光西にわたれば花影東に歩むかな

自画賛　一七七七年（安永六）

花影＝王荊公「春色人を悩して眠ること得ず、月、花影に移りて欄干に上る」（『聯珠詩格』巻3）。

山影＝「山影門に入りて推せども出でず、月光地に舗きて掃へども還た生ず」（『百聯抄解』）。

花影、山影など中国の趣向がきいた詩だが、春の主役の月と花とその動きを一挙に十七文字で捉えるのこそ「俳諧の自在」である、という自負がここにある。

しかし、そういうペダンチックで乙な味わいよりも、言葉を払って風景そのもののダイナミズムの醍醐味を味わおう。これほど春の暁をダイナミックに捉えた詩があるだろうか。

月が西に傾いて、暁が来れば、朝の光を受けた花の影が東から歩んでくるよ。人事、俗世を脱して、天上の回転を一気に捉えた。十七文字のミクロが、マクロを捉えた瞬間。

菜の花や月は東に日は西に

しかし、私は、蕪村は、「花影」という言葉のひびきと字の姿、それをつかまえたかったのではないか、ただそれだけのために残された句ともみる。花影、なんという美しい語句か。

（……）
風暖(かぜあたた)かにして　鳥声砕(ちょうせいくだ)け
日(ひ)高うして　花影(かえい)重(かさ)なる
（……）

杜荀鶴(とじゅんかく)（八四六―九〇四／七）「春宮怨(しゅんきゅうえん)」

大岡昇平の小説『花影』は、近代日本小説の中で最も美しいタイトルだが、この杜荀鶴の詩から取られた。同時に『花影』は日本の花柳小説の掉尾(とうび)を飾る小説でもあり、その中に次のような一節がある。

日は高く、風は暖かく、地上に花の影が重なって、揺れていた。

もし葉子が徒花（あだばな）なら、花そのものでないまでも、花影（かえい）を踏めば満足だと、松崎はその空虚な坂道をながめながら考えた。

遅き日のつもりて遠きむかし哉（かな）

「自筆句帳」一七七五年（安永四）

遅き日＝春の季語。日が徐々に長くなるというよりは、暮れが遅くなったと感じる日々。「永き日」とも。「暮れかねる」という季語もあり。

「遅き日」と「むかし」という時間軸上の言葉が、「つもる（積み重なる）」という形而下の動きによって結ばれ、ひびきあう。

現在（遅き日）と過去（むかし）の往還がはじまる。さらに「遠き」という空間辞が挿入されることで、時・空の彼方（かなた）に憧憬の対象をまさぐってゆく。

遠き、遠し、は蕪村独自のサウダーデ・レトリック。蕪村の句を口ずさむたびに思い出すのが、サウダーデというポルトガル語だ。これは、十数年前（一九九〇年代後半）、ポルトガル出身のピアニスト、マリア・ジョアン・ピリスが日本公演の際、語った言葉で、私ははじめてその言葉を知り、深く印象に刻んだ。

サウダーデ（saudade）。ノスタルジーに似ているが違う、とピリスは語った。心象の中に、風景の中に誰か大切な人が、物がない。不在が、淋（さび）しさと憧れ、悲しみをかきたてる。と同時にそれが喜びともなる。

春風や堤長うして家遠し　「春風馬堤曲」

一日ごとに遅くなる、その日々が積もる、とは読まず、昨日よりほぼ五十秒ずつ遅くなるその差の五十秒が毎日降りつもって、永くなってゆく。晩の一時（いっとき）、その中にこそ「懐旧」が閉じ込められるのだ。蕪村の目はそのように働いている。それが未来へと振り向けられたとき、彼の最後の吟が来る。

しら梅に明（あく）る夜ばかりとなりにけり

凧巾(いかのぼり)きのふの空の有り所　「自筆句帳」一七六九年（明和六）

天空に舞う凧(たこ)。今日の凧も昨日と同じところに上がっている。

——といった解釈が通常だが、たしか空のあのあたりに、昨日凧が上がっていたなあ、と読みたい。いまはない凧、その記憶だけが有る。「匂ひ有(ある)」「暮(くれ)なんとしてけふも有(あり)」で見た「有(あり／ユウ)」。ここでも「有」が、いまはない（サウダーデ）を強く表している。

「きのふ」とは、過去のさまざまな「昨日」なのだ。「遅き日」とのデュエット。

さくらより桃にしたしき小家(こいへ)哉(かな)　『句集』年次未詳

華やかな桜より、落ち着いて地味な色合いの桃の花のほうが似合いそうな小さな慎ましやかな生活が営まれている家々よ。「小家」には『源氏』の夕顔が住む家がイメージされることが多いが、ここでは陶淵明の「桃源の村」を思い浮かべてみたい。

商人(あきんど)を吼(ほゆ)る犬ありもゝの花　『句集』一七七三年（安永二）

鶏が鳴き、犬が吠えるのは、のどかで平和な桃源の村の象徴（「鶏犬相聞(けいけんあいき)こゆ」『老子』）。

村にやってきたのは（「桃花源記」では川魚を採る漁師だった）、商人。漁師よりもっと俗世の塵(ちり)にまみれた人種。漁師を商人に置き換えたところがミソか。犬は外からやってきた商人に敵意をむきだしにして、本気で吠(ほ)えかかっているのかもしれない。

苗しろや植出せ鶴の一歩より　『瘤柳』一七五二年（宝暦二）

苗代に鶴が舞い降りた。長寿のシンボル鶴が来るのは瑞兆であり、鶴とともに踏み出す田植えの一歩一歩は秋の豊作への祈りである。苗代の緑の絨緞の中にすっと立つ白い鶴の姿は、わが日本の代表的な農村風景だ。鶴が田圃に降りて来るのは、田螺や虫を食うためであるが……。

前書の「賀本卦」は、弟子一瓢の本卦、つまり還暦、六十一歳を寿いで、となる。六十歳から踏み出す一歩と鶴の一歩、農民の田植えの一歩を重ねた。

ゆく春やおもたき琵琶の抱心　遺稿　一七七四年（安永三）

抱いているのは重たい琵琶なのか、それとも重たい心なのか。だが、この抱き心地は快くなくもない。

「つもりて遠きむかし哉」の「昔」は「琵琶」に凝固する。「昔」の抱き心である。「昔」とは、末期(まつご)の目で捉えられた蕪村自身の生涯のことか。それはまた、「うつゝなきつまみごゝろ」の「胡蝶」のようなものかもしれない。

ゆく春や逡巡(しゅんじゅん)として遅ざくら　　一七八二年（天明二）

蕪村没年の前の年、六十七歳。春よ、行かないでくれというように遅ざくらが咲く。

春惜しむ宿やあふみの置火燵(おきごたつ)　　『句集』年次未詳

春を見送ろうと近江に来たが、春冷えで、宿で置火燵に当ることになった。

行く春を近江の人と惜しみけり　　芭蕉『猿蓑』
住(すみ)つかぬ旅のこゝろや置火燵　　同

元禄七年（一六九四）十月、難波で死んだ芭蕉の遺体は、その夜、弟子たちによって船に乗せられ、こっそり淀川を夜を徹して遡り、遺言どおり琵琶湖のほとり、大津の義仲寺（ぎちゅうじ）に葬られた。

蕪村が生まれたのはその二十二年後（享保元・一七一六年）である。生地は、芭蕉の遺体を乗せた船がすぐそばを遡った淀川下流、摂津（せっつ）・毛馬村（けまむら）とされる。

春惜しむ、には当然、芭蕉を慕っての思いが一杯に込められていよう。あと一滴でコップの水が溢（あふ）れる、その一滴が、惜しむ心である。

その惜しむ心が溢れて、

我（われ）も死して碑（ひ）に辺（ほとり）せむ枯尾花（かれをばな）

の吟が生まれた。句には、「金福寺（こんぷくじ）芭蕉翁墓」の前書がある。

〈春〉の巻　終り

夏

〈春〉は興にまかせて。〈夏〉は少し趣向を変えて、無数の季語の中から選んだ季語ごとに。しかしやはり興にまかせて……。

〈夏〉はやはり〈更衣（ころもがえ）〉から。

〈更衣〉は旧暦四月一日に綿入れから袷（あわせ）に着替えること。初夏第一の生活行事。夏が来た！

御手打（おてうち）の夫婦（めをと）なりしを更衣（ころもがへ）

「自筆句帳」一七七〇年（明和七）か

不義を働き、御手討ちになるはずの男女が、どのような計らいでか、生きのびて〈私〉の住む裏町に秘かに侘住居（わびずまい）で暮らしている。そういう彼らにも更衣が来る。貧しくとも、追われている身でも、やはり生きている喜び、好きな人と共に味わう苦労、生命の更新はある。

　　更衣（ころもがへ）身にしら露のはじめ哉（かな）　『新花摘』一七七七年（安永六）

白露。草木におりた露が白く光って見える。しらつゆの〈身〉＝白露が日に当たってすぐ消えるように、はかない身のたとえ（『日本国語大辞典』）。「つれなきを歎くも苦し白露の消ゆるにたぐふ命ともがな」（藤原定頼（ふじわらのさだより））。

しかし、「白露」は無常の意味と、言葉上の「しらつゆ」＝「知らず」を掛けるか……。

従って、〈更衣〉は生命の更新を感じる日だが、それは同時に、消えてゆく生命のはかなさを知るよすがともなる。

〈時鳥（ほととぎす）〉は、夏の鳥。杜鵑、時鳥、子規、不如帰などと書く。カッコウ目カッコウ科の鳥。全長約三十センチ。腹面は白で黒い横斑（おうはん）がある。ウグイスなどの巣にチョコレート色の卵を産み、抱卵（ほうらん）と子育てを仮親に託す。鳴き声は鋭く、「テッペンハゲタカ」などと聞こえる。夏鳥として渡来し、山林で繁殖して東南アジアに渡る（『大辞林』）。

古来、文学や伝説に多く登場し、初夏に夜明けに鳴く声を賞美する。鳴き声は「裂（れっ）帛（ぱく）の声」と言われるほど鋭い。姿でなくもっぱら声を詠む。あの世とこの世を往来する鳥、地獄を棲家（すみか）とする鳥とも。

不如帰（ふじょき）とや地獄もすみか時鳥（北村季吟『山之井』）

ほとゝぎす鳴きつる方をながむればたゞ有明の月ぞ残れる
（藤原実定（さねさだ）『千載集』）

時鳥柩（ひつぎ）をつかむ雲間より　「自筆句帳」一七七〇年（明和七）

鋭い鳴き声が雲間から葬列をつかむ。現世が一転して冥土となる。あるいは浄土か。

ほとゝぎす平安城を筋違（すぢかひ）に　「自筆句帳」一七七一年（明和八）

筋違に＝はすかいに。
斜めに横切るのは鳥影ではなく、鳥の声であることが眼目。

筋違（すぢかひ）に上（か）ゝ京過（すぎ）ぬほとゝぎす　『落日庵』一七七一年（明和八）

浄土とは、また曇りなき眼で見られたこの世＝現世のことである。ホトトギスは声でそのことを告げている。

来て見れば夕（ゆふべ）のさくら実と成（なり）ぬ

「自筆句帳」一七七五年（安永四）

花だったのが、いつのまにかサクランボになって、葉蔭（はかげ）からかわいげにこちらを覗（のぞ）いている。

「来て見れば」＝能因法師「山里の春の夕暮来てみれば入相（いりあひ）の鐘に花ぞ散りける」（『新古今集』）。

夕方、落花を見るつもりで来てみると、もう実桜になっていた、と読むより、わずらわしい古歌を離れて、「夕（ゆふべ）」を「昨夕（ゆふべ）」と考えてみるほうがおもしろい。あっという間に花は散って、あっという間に実になる。十七文字による高速度撮影である。もう夏だ、という感慨がひとしおになる。

私（辻原）にも子供の頃、郷里の村で似たような経験がある。

それは、「円位上人の所願にもそむきたる身の、いとかなしきさま也」と前書のある同年の次の句を見れば納得がいくかもしれない。

実ざくらや死のこりたる庵の主

「自筆句帳」一七七五年（安永四）

円位上人すなわち西行法師。「願はくは花の下にて春死なむその如月の望月のころ」

花の盛りに死ぬことはできず、今はもう実の季節になってしまった。

この頃、安永四年（一七七五）、六十歳の初春から安永六年にかけて、蕪村は病いがち。西行はまさに所願の通り、桜の美しい季節に死んでいる（文治六年〔一一九〇〕旧暦二月十六日）。

「庵の主」はむろん蕪村本人。老残の身、病いの身を実ざくらにいったんはたとえてみたが……。

葉ざくらや南良(なら)に二日の泊客(とまりきやく)

『新花摘』一七七七年(安永六)

たっぷり二日、若葉に香る南都、奈良の風情を楽しむ客がいる。花は散ることを考えると、何とも慌ただしいが、若葉はゆっくり夏にかけて色を濃くしてゆく。

葉ざくらに類(たぐ)ふ樹(き)も見ゆ山路哉(かな)

『夜半叟』一七七八年(安永七)以後

そして、葉ざくらに負けないくらいの木々の若葉があちこちに照り輝いている。

「あらたうと青葉若葉の日の光」（芭蕉『おくのほそ道』）。

〈牡丹(ぼたん)〉の句に贅言は無用。ソナタのように誦(よ)むべし、聞くべし。作句の年代順に。

飯(めし)椀(わん)に一盃きりの牡丹哉(かな)　『落日庵』一七六九年（明和六）

牡丹散(ちり)て打(うち)かさなりぬ二(に)三(さん)片(ぺん)　『句集』一七六九年（明和六）

閻(えん)王(わう)の口や牡丹を吐(はか)んとす　「自筆句帳」一七六九年（明和六）

地(ぢ)車(ぐるま)のとゞろとひゞくぼたんかな

「自筆句帳」一七七四年（安永三）

寂（せき）として客の絶間のぼたん哉（かな）

「自筆句帳」一七七四年（安永三）

燃（もゆ）るばかり垣のひまもるぼたむかな

断簡　一七七四年（安永三）

ひまもる＝すき間からもれる。

ちりて後（のち）おもかげにたつぼたん哉（かな）

「自筆句帳」一七七六年（安永五）

ぼたん切(きつ)て気のおとろひしゆふべ哉(かな)

「自筆句帳」一七七六年（安永五）

日光の土にも彫(ゑ)れる牡丹かな

『新花摘』一七七七年（安永六）

日光＝東照宮。

金屏(きんびやう)のかくやくとして牡丹哉(かな)

「自筆句帳」一七七七年（安永六）

かくやく＝赫奕。光輝くさま。

ぼうたんやしろがねの猫こがねの蝶

牡丹有寺ゆき過しうらみ哉

『新花摘』一七七七年（安永六）

やゝ廿日月も更行ぼたむかな

「自筆句帳」一七七七年（安永六）

方百里雨雲よせぬぼたむ哉

『新花摘』一七七七年（安永六）

『新花摘』一七七七年（安永六）

虹を吐てひらかんとする牡丹哉

「自筆句帳」一七七九年（安永八）か

広庭のぼたんや天の一方(いっぽう)に　『句集』年次未詳

牡丹散て打(うち)かさなりぬ二三片(にさんぺん)　『句集』一七六九年（明和六）

「散て」をチッテと読むか、チリテと読むか。安永九年七月二十五日付几董(きとう)宛手紙に蕪村自ら「ちりて」と仮名書きしているが、「チッテ」の勁(つよ)さも捨て難い。読者の自由か。

この句は几董との両吟歌仙『桃李(ももすもも)』（安永九年〔一七八〇〕）の初巻の発句としても用いられている。

これに几董は次のように付けた。

卯月廿日(うづきはつか)のあり明の影　几董

几董は後に『附合(つけあい)てびき蔓(づる)』（天明六年〔一七八六〕）で、この付合について解説している。付合の句こそ、発句の最適の読み・解説・注ともなるので、引用してみたい。

発句は牡丹の優美なるを体として、やゝうつろひたる花の二ひら三ひら落散しを、打重りぬとしたが作也。二三片とかたう文字を遣ふたは、題の牡丹に取あはせし趣向也。／ワキは、その時節を定めて、卯月の廿日比としたが、発句の見込にして、有明の影と又時分を定めて、散た牡丹のうへに露などもきら〳〵として、有明月の影のうるはしう、よい天気のさまが見えるやうな。是を牡丹に廿日草といふ異名があるによつて、廿日とさだめたると見ば、此ワキ大キに句位を減ずる事じやぞ。

正岡子規は、その「俳人蕪村」の中で、美術文学を積極的美と消極的美とに分け——「消極的美とはその意匠の古雅、幽玄、悲惨、沈静、平易なるものをいう」、「積極的美とはその意匠の壮大、雄渾、勁健、艶麗、活発、奇警なる者をいい」として、俳諧において、消極的美を代表するのが芭蕉、積極的美の代表に蕪村を挙げる。

一年四季の中春夏は積極にして秋冬は消極なり。蕪村最も夏を好み夏の句最も多し。その佳句もまた春夏の二季に多し。是れ既に人に異なるを見る。今試みに蕪村の句を以て芭蕉の句と対照して以て蕪村が如何に積極的なるかを見ん。

四季の内夏期は最も積極なり。故に夏季の題目には積極的なる者多し。牡丹は花の最も艶麗なる者なり。芭蕉集中牡丹を詠ずる者一二句に過ぎず。その句また

尾張より東武に下る時
牡丹蘂深くわけ出る蜂の名残かな　芭蕉

桃隣新宅自画自讃
寒からぬ露や牡丹の花の蜜　同

等の如き前者は唯季の景物として牡丹を用い後者は牡丹を詠じて極めて拙き者なり。蕪村の牡丹を詠ずるは強ち力を用いるにあらず、しかも手に随って佳句を成す。句数も二十首の多きに及ぶ。（……）

その句また将に牡丹と艶麗を争わんとす。

しかし、牡丹の実物を賞することなくして、牡丹、牡丹と言っていては単なる言語遊戯に堕してしまう。牡丹観るべし。

子規は「牡丹」に続けて……

若葉もまた積極的の題目なり。芭蕉のこれを詠ずる者一二句にして

招提寺

若葉して御目の雫ぬぐはゞや　　芭蕉

日光

あらたふと青葉若葉の日の光　　同

の如き、皆季の景物として応用したるに過ぎず。蕪村には直に若葉を詠じたる者十余句あり。皆若葉の趣味を発揮せり。例

山にそふて小舟漕ぎ行く若葉かな
蚊帳を出て奈良を立ち行く若葉かな
不尽一つ埋み残して若葉かな
窓の灯の梢に上る若葉かな
絶頂の城たのもしき若葉かな
蛇を截つて渡る谷間の若葉かな
をちこちに滝の音聞く若葉かな

筆者（辻原）は、これに

たかどの丶灯影にしづむ若葉哉　　『新五子稿』一七七〇年（明和七）か

を加えたい。

朝日をあびて照り輝く柿の若葉はたとえようもなく美しい。それを詠んだ句はないものかと捜した。

一句あった。

茂山やさては家ある柿若葉　『落日庵』一七六九年（明和六）

全山若葉、新緑の中にひときわつやのあるあざやかな若葉。それが柿の若葉。柿のあるのは人家のあるしるし。訪ねてみようか。

大正・昭和期の俳人富安風生に次の句あり。

柿若葉重なりもして透くみどり

鮎くれてよらで過行夜半の門

「自筆句帳」一七六八年（明和五）

黙って好物を置いて行く爽やかな友人よ。

鮎には、昭和の川柳に「鮎の骨こうして抜けと細い指」（田中桂太楼）がある。蕪村が詠んだとしてもおかしくない。

「よらで」の句

菜の花や鯨もよらず海くれぬ
高麗舟のよらで過ゆく霞かな

みじか夜や枕に近き銀屏風

「自筆句帳」一七七〇年（明和七）か

「金屏の松の古さよ冬籠」（芭蕉『炭俵』）に対して、夏の夜の明けやすさを銀屏風で対照させた。「金屏はあたたかに銀屏は涼し。是おのずから金屏・銀屏の本情也」（支考「続五論」）。

後朝かもしれない。

誰ためのひきまくらぞ春の暮
「自筆句帳」一七八〇年（安永九）

みじか夜や芦間流るゝ蟹の泡
「自筆句帳」一七七一年（明和八）

この句によって生まれる実景のみを夢想、賞玩すべし。左の二句も同様に。

春雨や小磯の小貝ぬるゝほど

静さに堪て水澄む田にしかな
「自筆句帳」一七七六年（安永五）

みじか夜や浅井に柿の花を汲（くむ）

「自筆句帳」一七七六年（安永五）

柿の花は黄白色の小さな花。朝早く起きて浅い井戸から釣瓶（つるべ）に水を汲むと柿の小さな花がいくつも浮かんでいた。見上げると、柿の木にはもう小さな青い実が生（な）っている。

蚊の声すにんどうの花の散ルたびに

「自筆句帳」一七七七年（安永六）

にんどう＝忍冬、すいかずら。すいかずらは散るときに最も香りが立つ。

〈鮓（すし）〉は、寿司と書く野暮骨頂の食いもののことではない。魚介類に塩・飯・酒を詰め、漬け込んで自然発酵させたもの。吉野の鮎鮓、近江の鮒(ふな)鮓、大坂の雀(すずめ)鮓。

鮒(ふな)ずしや彦根の城(じやう)に雲かゝる

「自筆句帳」一七七七年（安永六）

さわやかな叙景句とみるか。しかし、蕪村の書簡に「此(この)句解すべく解すべからざるものに候(さうらふ)。とかく聞得(ききう)る人、まれに候。只(ただ)几董のみ微笑(みせう)いたし候」と自注あり。さても意味深なり。本書一〇〇ページ参照。

夢さめてあはやとひらく一夜ずし

「自筆句帳」一七七七年（安永六）

一夜ずし＝鮎の腹に飯を詰め、重石をかけて一夜で熟れさせた鮓。熟れすぎるといけない。

青梅に眉あつめたる美人哉　「自筆句帳」一七六八年（明和五）

美女西施は胸を病んでいつも眉を顰めていた。それを真似て呉の女たちはみな眉を顰めて歩いたという（『荘子』「天運」篇）。

象潟や雨に西施がねぶの花　　芭蕉『おくのほそ道』

と先人の句をふまえ、酢っぱそうな青梅に美人の眉を寄せさせたところがミソ。

夕風や水青鷺（あをさぎ）の脛（はぎ）をうつ　「自筆句帳」一七七四年（安永三）

脛高くすそをかかげて浅瀬を渡る姿への愛着。

夏河を越すうれしさよ手に草履（ざうり）

足よはのわたりて濁るはるの水

雨後の月誰（た）ソや夜ぶりの脛（はぎ）白き　『句集』一七七七年（安永六）

浅瀬を渡るのは青鷺でも女でも老人の私（蕪村）でも子供でもよい。

汐越（しほこし）や鶴（つる）はぎぬれて海涼し　『おくのほそ道』

ちか道や水ふみ渡る皐雨（さつき）　『新花摘』一七七七年（安永六）

小径(こみち)へのあこがれ。

五月雨や滄海(あを)を衝(ツク)濁水(にごりみづ)　『新花摘』一七七七年（安永六）

さみだれや大河を前に家二軒

「自筆句帳」一七七七年（安永六）

・大河＝タイガと漢音よみする。この時、歌から始まった俳句が、書かれ読まれるものになった。なぜなら、タイガは漢字で書かれてはじめて意味が分かるものであるから。大河という象形から発した漢字が、増水した大きな、脅威の流れを象形する。その前に小さな家が、流されそうな家が二軒あるのだ。上の句を「五月雨や」でなく、平仮名「さみだれや」としたのには意味があったと言うべきか。大漢文明を前にした小日本文明の姿。「川」は水の流れる形からだが、「河」は黄河の流れの象形との説もある。江は長江（揚子江）を言う。

蚊屋（かや）の内にほたるはなしてア、楽や

「自筆句帳」一七六九年（明和六）

淀舟の棹（さを）の雫（しづく）もほたるかな

『夜半叟』一七七八年（安永七）以後

淀舟（二十石舟）。大坂—京都間の主要交通路は淀川。昼夜、三、四千隻の舟が行きかう。

攫（つか）みとりて心の闇のほたる哉（かな）

『新五子稿』一七八〇年（安永九）

静さ（しづか）の柱にとまるほたるかな

『夜半叟』一七七八年（安永七）以後

若竹や夕日の嵯峨と成（なり）にけり

「自筆句帳」一七七三年（安永二）

「花の香（か）や嵯峨の燈火（ともしび）きゆる時」の句があった。

若竹や橋本の遊女ありやなし

『句集』一七七五年（安永四）

橋本＝淀川左岸にあり。加茂川・桂川と宇治川と木津川の三川が合して淀川となるまさにその股の部分の左岸。対岸が水無瀬（みなせ）。

見渡せばやまもとかすむみな瀬川ゆふべは秋となにおもひけむ

後鳥羽上皇

谷崎潤一郎の「蘆刈（あしかり）」はこの三川合流地点にある中洲の蘆原が舞台である。「江口や神崎がこの川下のちかいところにあったとすればさだめしちいさな葦分け舟をあやつりながらここらあたりを徘徊した遊女も少くなかったであろう」と。

丹波の加悦（かや）といふ所にて

夏河（なつかは）を越すうれしさよ手に草履（ざうり）

「自筆句帳」年次未詳

浅い川は蕪村の好むところ。

秋雨（あきさめ）や水底（みなそこ）の草を踏（ふみ）わたる　一七六八年（明和五）

足よはのわたりて濁るはるの水　一七八一年（元明元）か

加悦は丹後の加悦町（かやちょう）（現在の京都府与謝（よさ）郡与謝野町）。屏風絵の制作を頼まれ、施薬寺（せやくじ）（与謝野町滝）に滞在していた頃の作。

蕪村は摂津国東成郡毛馬村（せっつのくにひがしなりぐんけま）（現在の大阪市都島区毛馬町（みやこじまくけまちょう））の生まれだが、はじめ谷口姓のちに与謝を名のった。しかし、本名、父母の氏名、その他出自については何も知られていない。ただ、母は若い頃、丹後の与謝（よざ）村から大坂に出て来たらしい。与謝を名のったのはその縁か。与謝滞在中の右の句はそのこと抜きに語れない。草履を手にしているのは少女の頃の母の姿か。

かの東皐（とうこう）にのぼれば

花いばら故郷の路（みち）に似たる哉（かな）　『句集』一七七四年（安永三）

皐＝水辺の土手、川添いの堤。
花いばら＝野バラ。
浅い川を渡って、野バラの咲いている土手を登ると……

愁ひつゝ岡にのぼれば花いばら
『句集』一七七四年（安永三）か

路（みち）絶（たえ）て香（か）にせまり咲（さく）茨（いばら）かな
「自筆句帳」一七七五年（安永四）

茨＝野バラ。

桃源（たうげん）の路次（ろし）の細さよ冬ごもり
「自筆句帳」一七六九年（明和六）か

水深く利鎌鳴らす真菰刈　『句集』年次未詳

利鎌＝研いでよく切れる鎌。

真菰＝沼地に生えるイネ科の多年草。刈り取って筵にする。


浅い水の流れから一転、深い水底に向けて鎌をふるう。その切れ味の良い鎌の音が聞こえれば、夏の句は完成。

だが、次のような歌も踏まえているか。

「真菰刈る淀の沢水雨ふれば常よりことにまさる我恋」（紀貫之『古今集』）。水底の鎌の鋭い音のように、我が胸底に秘められた激しい恋の思い。

〈夏〉の巻　終り

新花摘

蕪村亡母追善（夏行）句集『新花摘』。

蕪村の前半生は不明な部分が多い。たどれるのは、享保末年（一七三四、五）、十九、二十歳の頃、画家をめざして江戸に出た頃より。

二十二歳の秋、其角に師事した俳人早野巴人の夜半亭の門に入って、俳諧修行へ。俳人と画家としての道をめざす。二十七歳の時、江戸を去って、夜半亭同門の親友を頼って下総結城へ。十年間、結城を中心に画業と俳業の基礎を固めた。この間、関東を歴遊、奥羽まで杖を曳いた。

三十六歳、宝暦元年（一七五一）秋冬の頃、京都に移る。宝暦四年、三十九歳、丹後の宮津に赴き、浄土宗見性寺に寄寓して、画業を主として宝暦七年秋まで三年間滞在した。宮津湾岸一帯を与謝と称す。蕪村の母は与謝に生まれ、少女の頃、早乙女（田植え期の出稼ぎ）として大坂に出てきたとする説がある。彼が自らの姓を与謝としたのもその縁か。

宝暦七年九月、京都に戻る。四十二歳。

宝暦十年頃、四十五歳。とも女（二十歳？）と結婚。晩婚である。

明和七年（一七七〇）、五十五歳、夜半亭を継承す。

安永五年（一七七六）冬十二月、鍾愛のひとり娘くの（十六歳？）、嫁ぐ。翌年五月、離縁して、引き取る。蕪村六十歳、病いがち。

安永六年二月（六十二歳）、春興帖『夜半楽』を出板、楽中に、蕪村の画業・俳業を通じて、最も異色にして傑作「春風馬堤曲」が収められる。

同年春（四月八日）――しかし旧暦であるから、太陽暦では五月、即ち夏、亡母追善のため一夏千句、百カ日の「夏行」を思い立つ。

「夏行」とは、通常四月十六日（旧暦）から九十日間、僧侶が寺院に籠もって、座禅、読経などの修行をする「夏安居」のことで、この間に僧侶が写経することを夏書という。一般の人もそれにならって、願をかけて写経することがあった。夏書・夏百日ともいう。蕪村に次の句がある。

味噌汁を喰ぬ娘の夏書哉　『落日庵』一七七〇年（明和七）か

秘めた願いがあって（恋）、若い娘が味噌汁も断って一心に写経に打ち込んでいる。尊いといえば尊い。ほほえましいといえばほほえましい。

俳人の「夏行」とは、写経でなく詠俳である。先例に其角がある。其角（一六六一－一七〇七）は芭蕉の高弟、また蕪村の先師早野巴人の師であり、若い頃、蕪村は其角編『虚栗（みなしぐり）』に心酔し、俳諧の道に入った因縁がある。

其角は、亡母追善のため一夏百句の「夏行」を行った。その詠句は『華摘（はなつみ）』（元禄三年（一六九〇））と題して板行された。

蕪村は敬慕する其角に倣（なら）って、『新花摘』と題して、安永六年春、亡母追善供養を思い立ち、母の年忌（毎年の命日）を期して夏行に入る。この年忌を母の五十回忌とみる説があり、とすれば、母の没年は蕪村十二、三歳の時となるが詳（つまびらか）でない。しかし、十二、三歳なら、当然母の顔は覚えているわけだ。

其角。江戸生まれの医師の息子其角は蕩児（とうじ）であった。つまり親不孝の極み。だからこそ、彼の亡母追善にはそれなりの興趣が湧く。蕪村は蕩児ではない。孤児である。蕪村の亡母追善にはまた違った趣があるはずだ。

まず其角の『華摘』を見てみよう。

灌仏や墓にむかへる独言（四月八日）

夜あるきを母寐ざりけるくゐな哉（四月十九日）

　あはれ成哉や、親その子をおもふ

涼しい歟寐て髣剃る夢心（五月廿日）

有明の月に成けり母の影（「満百、七月十九日）

『新花摘』蕪村冒頭の六句。

1　灌仏やもとより腹はかりのやど

2　卯月八日死ンで生るゝ子は仏

3　更衣身にしら露のはじめ哉

4　更衣母なん藤原氏也けり

5　ほとゝぎす歌よむ遊女聞ゆなる

6　耳うとき父入道よほとゝぎす

灌仏＝四月八日は釈迦の誕生会。寺の境内に小さい花御堂を設け、お釈迦様の小さい像に甘茶を注ぎ、お祈りする。仏生会、花祭。辻原も小さい頃、村のお寺で花祭を楽しんだ。お釈迦様に注いだあとの甘茶（アマチャ・アマチャヅルの葉を蒸してもみ、乾燥させたものを煎じる。甘味あり）を薬缶（やかん）いっぱいにいただいて帰った。

「灌仏やもとより……」

お釈迦様は人間の女の腹を仮の宿として誕生された。灌仏の花御堂もまたお釈迦様の仮の宿。イエスもまたマリアの腹を神の仮の宿として生まれた。古来、英雄はみなこの世に斜めにやってきた、つまり私生児である。

蕪村が自分の誕生をどのように考えていたか、推し量る自由は我々にもある。

「卯月八日死ンで……」

四月八日、お釈迦様降誕当日、死児となって生まれた子はこの世の悪に染まらぬままあの世に召されたわけだから、仏と考えてよい。

「母なん藤原氏……」

『伊勢物語』十段、「父はなほびと（一般人）にて、母なむ藤原なりける」を踏んで、母方が貴種（藤原家）であることを誇る。「父は賤（いや）しくて母はなん藤原なりければ」（『太平記』巻第十五）

ここで蕪村は、父よりも母の方が貴種である、と冒頭の二句を逆転してみせた。次の「ほとゝぎす歌よむ遊女……」も同様。貴種である女が落ちぶれて遊女となったが見事なほととぎすの歌を詠む。

ここからいよいよ（四月八日より）一日十句の夏行に入るが、ピックアップして。

12　をちこちに滝の音聞く若葉かな

13　山畑を小雨晴行わか葉かな

15　夜走りの帆に有明て若ばかな

九日。夜を徹して帆走してきた白帆が暁のピンク色の光に染まり、月は西に傾き、岸の若葉が輝き出す。この句に其角の「有明の月に成(なり)けり母の影」を重ねてみると……。

19　日光の土にも彫(ゑ)れる牡丹かな

日光東照宮の欄間(らんま)の牡丹の彫刻と地の土に咲く自然の牡丹の花。いったいどちらが美しいのか、分からない。

22　蹇(あしなへ)の三熊(みくま)もふでやかたつぶり

23　関(せき)越(こゆ)るいざり車や蝸牛(かたつぶり)

十日。古来、熊野は死者蘇生の地。説経節「小栗判官(おぐりはんがん)」は、無念の横死を遂げた小栗が藤沢の遊行寺の土中から掘り出され、餓鬼（死体）のまま土車に乗せられて熊野に向かう。背中に「一引き引いたは千僧供養、二引き引いたは万僧供養」と書かれた札をぶら下げ、東海道を人々のリレーで引かれて、美濃の青墓（現在の大垣市青墓町）で妻照手姫と再会する。小栗はこうして熊野本宮の湯につかって本復（蘇生）して、仇を討つ。餓鬼阿弥蘇生譚として有名。蕪村の夏行が亡母追善供養であったことを思い起こそう。

28　葉ざくらや南良に二日の泊客

30　麦秋や遊行の棺ぎ通りけり

蕪村には狂女の句が少なくない。「昼舟に狂女のせたり春の水」。謡曲「隅田川」など、子を失って尋ね歩くもの狂いの母親のさびしげな顔。

33 麦の秋さびしき皃(かほ)の狂女かな

十一日。
十二日、十三日は牡丹の句多し。

41 不動画(ゑが)く琢(たく)摩(ま)が庭のぼたんかな

51 金(きん)屛(びやう)のかくやくとして牡丹哉

52 南(なん)蘋(ぴん)を牡丹の客や福(ふく)西(さい)寺(じ)

南蘋＝清国の花鳥画家沈(しん)南蘋。長崎福済寺に滞在。蕪村も影響を受けた。

53 ぼうたんやしろがねの猫こがねの蝶

54 牡丹有(ある)寺ゆき過(すぎ)しうらみ哉(かな)

55 や丶廿日(はつか)月も更(ふけ)行(ゆく)ぼたむかな

57 方(はう)百里雨雲(あまぐも)よせぬぼたむ哉(かな)

58 詠物(えいぶつ)の詩を口ずさむ牡丹哉(かな)

牡丹の花を母に手向けたと考えておきたい。しかし、「方百里雨雲よせぬ……」に籠もる気迫に、

ちりて後おもかげにたつぼたん哉
ぼたん切て気のおとろひしゆふべ哉

を重ねてみると、不思議、絶妙なハーモニーが醸し出される気がする。

64　夏山や京尽し飛鷺ひとつ

67　口なしの花さくかたや日にうとき

十四日。日にうとき＝日陰。

79

鮒(ふな)ずしや彦根の城(じやう)に雲かゝる

十六日。鮒ずしは琵琶湖の名産。これほど旨いものは他にない（辻原）。春から土用にかけて漬け込む。

　あっさりした、分かりやすい単純な叙景の句のようだが、どうしてどうして、この句、一筋縄ではいかないらしい。前(さき)にも触れたが、蕪村は、兵庫に移ったばかりの弟子大魯(たいろ)に宛てた手紙（安永六年五月十七日付）に、
「此(この)句解すべく解すべからざるものに候(さうらふ)。とかく聞得(ききう)る人、まれに候。只几董(ただきとう)（蕪村高弟）のみ微笑(みせう)いたし候」とある。なぜ几董のみがふむふむと微笑の合図を送ったのか。あるいは、この場合は、にやにやと解したほうがいいのかも。

　藤田真一氏の『蕪村』（岩波新書）によれば、「『微笑』の語は、釈迦のおしえにたいして、迦葉(かしよう)という弟子が、ただ微笑をうかべて悟ったことをしめしたという逸話にもとづいている。精確には『拈華微笑』といい、ネンゲミショウとよむ」。

几董はなぜ微笑したのか。この句には恋が隠されているからである。漢詩では、「雲」といえば「雨」、あわせて「雲雨」。これは「朝雲暮雨」という漢詩の決まり文句になっていて、楚王が夢の中で神女と交わって、後朝の別れの時、女はこう言った。「わたくしは巫山にすむ者で、朝に雲となり、夕べには雨となって、あなたにまみえます」（『文選』巻第十九「高唐賦」）

蕪村には同工の句が他にもある。

雨と成恋はしらじな雲の峰

絶〳〵の雲しのびずよ初しぐれ

鮒ずしに舌鼓を打ちながら、見上げるとお城が見え（「時は流れる／お城が見える／無傷なものなどどこにある……」ランボー、中原中也訳）、その上に雲がかかっている。あれは夕方には雨を降らす雲になるかもしれない。と思うと、女に会いたい恋情が溢れる。

となると前の句、57「方百里雨雲よせぬぼたむ哉」の世界は新たな気配を漂わせ始める。

同じ十六日、

80　鮓(すし)おしてしばし淋しきこゝろかな

97　酒を煮る家の女房ちよとほれた

十八日。酒を煮る＝新酒火入れ、酒煮。この時、一般庶民にも酒を振舞った。その蔵元の女房は気前のよい美人。

99　青梅や微雨(びう)の中行(ゆく)飯(いひ)煙(けむり)

103

若竹や是非もなげなる芦の中

十九日。一書注釈によれば、この句、嫁いだばかりの愛娘くのの絶望的な離縁問題を暗示する、と。「是非もなげなる」に、婚家での孤立無援の娘（若竹）の哀れな風情が浮かぶ。先走るが、このくのの離縁問題が蕪村を苦しめ、悲しませて、夏行は十六日間、百三十七句で中絶することになる。

105

さみだれや田毎の闇となりにけり

廿日。暗澹とした心情（闇）は当然、娘くのへの愛惜か。

廿一から廿三日。

110　五月雨や滄海（あをうみ）を衝（ツク）濁水（にごりみづ）

115　皐雨（さみだれ）や貴（き）布（ぶ）禰（ね）の社（しゃ）燈（とう）消（きゆ）る時

117　閼（あ）伽（か）棚（だな）に何（なに）の花ぞもさつきあめ

閼伽＝サンスクリートの音訳。仏に供える水や花のこと。

126　水古き深（ふか）田（だ）に苗のみどりかな

127　けふはとて娵（よめ）も出（いで）たつ田植哉（かな）

今日は一家総出のお目出たい田植えだ。ふだんは農作業をさせない大百姓の新嫁も早乙女姿で駆り出される。

135　鯰得てもどる田植の男哉

廿四日。鯰は旨い。蒲焼きにする。子供の頃、よく食った（辻原）。田植の男の顔のほころぶようすが髣髴とする。鰻得て、でもいいが、田んぼにいるのは鯰と決まっている。きっと大きいやつだろう。

136　葉ざくらの下陰たどる田草取

137　早乙女やつげのおぐしはさゝで来し

早乙女＝田植女。田の神に奉仕する聖女だから、晴着に新調の単衣、手拭、襷、菅笠など身仕度する。髪は黄楊の小櫛で飾ったとされる。櫛は女の命。折角贈った黄楊の櫛を娘はささないで出てきた。忙しくて忘れたのではなく、プロポーズを拒否したのだ。失恋したか。

しかし、サ行音が美しく響く。


この「早乙女や……」の百三十七句目で夏行は中絶するが、これを満願句とみる。蕪村の生母は、丹後与謝村から摂津毛馬村へ植え女として出稼ぎに来た旅早乙女であったという説が有力である。もしそうだとするなら、中絶とはいえ、掉尾を、若い女の早乙女姿で飾って、母を偲んだわけで、「灌仏や……」で始めた亡母追善供養はみごと果たされたといえる。

其角の満百の句は、「有明の月に成けり母の影」であった。

秋

秋たつや何におどろく陰陽師

「自筆句帳」一七七一年（明和八）か

陰陽道に「秋は金気、物を粛殺す」とある。秋気が忍び寄るのは不吉か。金気は秋の気、粛殺は秋のきびしい気候が草木を枯らすこと。陰陽師が驚くのは無理もない。

しかし、我々はここから始める。

たゞで有し綾もとめ出づけさの秋

百池宛　一七七七年（安永六）か

裁たないでおいた綾織りを取り出すと、指にひんやり絹地の光沢。

初秋（はつあき）や余所（よそ）の灯見ゆる宵のほど

「自筆句帳」一七七八年（安永七）か

灯を見て、秋だなあ、との感慨は蕪村の発見。

かなしさや釣（つり）の糸ふく秋の風

「自筆句帳」一七七三年（安永二）

何が悲しいのか。秋の風か、それとも風に揺れる釣の糸か。

塚もうごけ我（わが）泣（なく）声は秋の風　芭蕉

おもしろうてやがて悲しき鵜舟（うぶね）哉　同

「かなしさ」も「秋の風」もどこか芭蕉とは違う。秋風に揺れる釣の糸の線、それが逆に秋風を表して、心にしみておもしろい。秋をしみじみと目に見えるものとして感じる、それを「かなし」と詠んだ万葉の歌人たち。目に見えぬ風を、目に見えるものとする。

夕風や水青鷺の脛をうつ

蕪村画の世界か。

秋風や酒肆に詩うたふ漁者樵者

「自筆句帳」一七七三年（安永二）か

桃源郷を訪れて帰って来た漁師と木樵が、もう一度、行ってみたいものだと語り合う。陶淵明「桃花源記 幷 詩」より。蕪村にその絵（「武陵桃源図」「桃源行図」）がある。

大文字（だいもじ）やあふみの空もたゞならね

「自筆句帳」一七六八年（明和五）か

あふみ＝近江。大文字の火の向こうに、見えないが、闇に沈む巨大な琵琶湖がある。

近江（あふみ）の海（うみ）夕波千鳥汝（な）が鳴けば心もしのに古（いにしへ）思ほゆ

柿本人麻呂

たつぷりと真水を抱きてしづもれる昏（くら）き器を近江と言へり

河野裕子

銀閣に浪(なには)の人や大文字(だいもんじ)

遺稿 一七七七年(安永六)

京は五山の送り火、浪花は天神祭り。かたや火祭り、かたや水の祭り。競い合う京と大坂。

稲づまや浪(なみ)もてゆへる秋津しま

「自筆句帳」一七六八年(明和五)

稲妻の一閃に浮かんだ花綵(はなづな)のような日本列島は、いまにも海にのみ込まれそうだ。まるで宇宙船からでも見たような。何ていとおしいのだろう、極東の島国は。蕪村は間違いなく、空飛ぶ鳥の想像力を持っていた。

いな妻の一網（ひとあみ）うつやいせのうみ

「自筆句帳」一七六八年（明和五）か

いな妻や秋津しまねのかゝり舟

「自筆句帳」一七六八年（明和五）か

秋津しまね（島根）＝日本の古称。

かゝり舟＝停泊している船。

稲妻に日本列島が照らされて、列島の周りに舫（もや）う何千何万の船影が浮かび上がる。

「浪（なみ）もてゆへる」の句より低空の視点。

稲妻や海ありがほの隣国（となりぐに）

稲妻の一閃は、海を隔てた朝鮮半島をも照らす。

『落日庵』一七六八年（明和五）か

稲妻やはし居うれしき旅舎り

賀瑞宛　一七七四年（安永三）

大いなる鳥瞰図から一転、旅の宿の縁先で浴びる稲妻の一閃。

いな妻や佐渡なつかしき舟便

「自筆句帳」一七七四年（安永三）か

荒海(あらうみ)や佐渡によこたふ天河(あまのがは)　芭蕉

本土と佐渡を結ぶ天の川、そして、その下の海では舟が結ぶ。稲妻の一閃のうちに天の川と舟が浮かぶ。舟は天の川を渡っているのかもしれない。

いなづまや浪(なみ)のよる〳〵伊豆(いづ)相模(さがみ)

『夜半叟』一七七七年（安永六）

浪のよる〳〵＝波頭が次々とレースのように押し寄せて来る。

箱根路をわが越えくれば伊豆の海や沖の小島に波の寄る見ゆ　源実朝

いな妻や八丈かけてきくた摺

「自筆句帳」一七七〇年（明和七）か

八丈島と「八丈縞」（八丈島産の平織の絹織物）を掛ける。きくた摺＝磐城国（現在の福島県）菊多特産の小紋の模様。八丈縞の一種で稲妻模様をしている。相模湾から八丈島にかけて閃く稲妻と八丈縞の稲妻模様を重ねた。巨細にわたる画人蕪村の真骨頂。

茨野や夜はうつくしき虫の声

『落日庵』一七六九年（明和六）

人の入れないトゲのあるイバラの茂る野原だが、夜には虫の美しい声で満たされる。

虫の音や闇を裁行手負猿　『落日庵』一七六九年（明和六）か

美しい虫の音と、傷ついた猿の悲鳴が重なる。

朝がほや一輪深き淵の色　「自筆句帳」一七六八年（明和五）か

自分を数ミリほどの小人と想像してみよう。それが朝顔の淵に落ちるのだ。

朝皃にうすきゆかりの木槿哉　『句集』年次未詳

朝顔も木槿の花も朝開いて夜しぼむ。木槿を古くはあさがお（『類聚名義抄』）といったこともふまえて、「うすきゆかり」と。

朝顔にやよ惟光が鼾かな

『夜半叟』一七七八年（安永七）以後

『源氏物語』より。薄幸の女夕顔と光源氏との間を取り持った惟光のもとに、契りを終えた光が明け方に戻って来ると、朝顔が咲いて、惟光がいびきをかいて眠っている。光は満足気な笑みをもらして、やあ、惟光、と呼びかける。

蘭の香や菊よりくらき辺りより

「自筆句帳」一七七五年（安永四）か

菊は日なたに、蘭は日陰に咲く。蘭の芳香は菊より暗い、目に見えぬ辺りに咲いて、漂う。

足もとの秋の朧（おぼろ）や萩（はぎ）の花　『落日庵』一七六八年（明和五）か

朧とはほのかな明るさ。低く垂れ下がって咲く萩の下（もと）に春の定番の朧でない秋の朧を見た。

旅人の火を打（うち）こぼす萩（はぎ）の露　遺稿　一七七八年（安永七）以後

萩がのせた朝露を、風がさっとこぼす。まるで火打石の火花が散るように。

山は暮て野は黄昏の薄哉　「自筆句帳」一七七三年（安永二）か

遠くはもう暗い。だがまだ近くの薄野には明るさが残っている。何だかほっとする。

しらつゆやさつ男の胸毛ぬるゝほど　「自筆句帳」一七七五年（安永四）

さつ男＝猟師。夜通し銃を持って獲物を待つ、黒々とした屈強な猟師の胸毛にも朝ともなればはかない白露がついている。

春雨や小磯の小貝ぬるゝほど

秋かぜのうごかしてゆく案山子(かゞし)哉(かな)

「自筆句帳」一七六〇年（宝暦十）

水落(おち)てほそ脛(はぎ)高きかゞしかな

「自筆句帳」一七七四年（安永三）

水落て＝稲刈の前に稲田から水を流し落とす。

夕風や水青鷺の脛(はぎ)をうつ

秋(あき)雨(さめ)や水(みな)底(そこ)の草を踏(ふみ)わたる

「自筆句帳」一七六八年（明和五）

秋の長雨がつくった水溜りを踏むと足うらに草の感触がある。

夏河を越すうれしさよ手に草履

燈心の細きよすがや秋の庵　『夜半叟』一七七七年（安永六）

細い燈の灯りに頼って、来し方行く末を考えるが、何も心はずむほどのことは浮かばない。でも、それが尋常のことと心を穏やかに保って、「かなしさや釣の糸ふく秋の風」のような句が生まれる。燈心の細さと釣の糸の照応。

秋の燈やゆかしき奈良の道具市　『句集』年次未詳

菊の香やならには古き仏達(ほとけたち)　芭蕉

古き仏でなく、古いこまごまとした生活用品＝道具が並ぶ古都。芭蕉が見た奈良には、思いがけないものはない。蕪村の見た奈良にはそれがある。眺めているのは、道具だけではない。どういう人がどういう道具を買うかというところまで観察が届いていて、そこに奈良人の生活をあれこれと想像している蕪村が面白い。（安東次男『与謝蕪村』）

しかも、「菊の香や」に対して「秋の燈」である。「秋の燈」一つを発見したことにも、蕪村の手柄はある。芭蕉には「秋の夜」の句はあっても、秋燈の句はない。（安東次男、同上）

行舟(ゆく)や秋の灯遠くなり増(まさ)る

『題苑集』年次未詳

秋の夕(ゆふ)べ袂(たもと)して鏡拭(ふ)くおんな

『夜半叟』一七七六年(安永五)

袂して＝袂で。涙で袂を濡(ぬ)らすのも女、袂で涙を拭くのも女。ここでは涙ではなく、鏡を拭く秋の夕べの女の色っぽいしぐさ。

月天(てん)心(しん)貧しき町を通りけり

「自筆句帳」一七六八年(明和五)か

わびしい心を抱えた人なら理屈抜きに得心する句。例えば車寅次郎(くるまとらじろう)。

しかし、ここにも、「稲づまや浪もてゆへる秋津しま」の空飛ぶ鳥の、いや宇宙船の想像力が感じ取れないだろうか。うらぶれた町中の道を歩みながらふと月を見上げる蕪村、それを月の位置から覗いているのも蕪村、そういうダブルフォーカス的光景。例えば、「名月やまづしき町を通りけり」としてみよう。月を下界から仰いでいる、というだけの世界になってしまう。

新米もまだ草の実の匂ひ哉　『落日庵』一七六八年（明和五）か

稲もまた草である。草の実を食す、弥生人の全身感覚を十七文字で捉える。ここには何のけれんみも無い。波もて結へる瑞穂の国、賛歌。

二本づゝ菊まいらする仏達

菊まいらする＝菊をお供えする。

「自筆句帳」一七六八年（明和五）か

巫女（かんなぎ）に狐（きつね）恋する夜寒哉（かな）

「自筆句帳」一七七六年（安永五）

巫女＝神に仕える女、みこ。
みこに恋する狐。異類婚姻譚は古くからある。「おしらさま」や「小栗判官」。叶わぬ恋の物語は古今東西共通。叶わぬ恋に身震いするほどの寒さを重ねたところが、恋の詩人蕪村の真骨頂。

盗人（ぬすびと）の屋根に消（きえ）行（ゆく）夜寒かな

『新五子稿』年次未詳

書割めいた歌舞伎調の世界。こういう句もまた蕪村の面白さ、楽しさ。

我(われ)を慕(した)ふ女やはある秋のくれ

『夜半亭発句集』一七七六年（安永五）

そりゃいるでしょう、一人どころか三人も四人も、と半畳(はんじょう)を入れたくなる。しかし、時は秋の暮れ、あるいは人生の暮れ。とたんに淋(さび)しくなる。もはや思い出だけが女だ。

冬ちかし時雨(しぐれ)の雲もこゝよりぞ

『句集』一七七七年（安永六）か

「冬近し」は秋の季語。「時雨」は冬の季語。

時雨＝初冬に降るにわか雨。

この句には「洛東ばせを（芭蕉）庵（あん）にて」と前書がある。

時雨の名吟を数多く残し、時雨の季節に没した芭蕉へのオマージュか。

しかし、ここでうんと後世の詩人（種田山頭火（さんとうか））の句を思い出しておこう。

しぐるるや死なないでゐる
しぐるるやしぐるる山へ歩み入る
うしろすがたのしぐれてゆくか

だが、やはり極め付きはこれだ。

老（おい）が恋わすれんとすればしぐれかな

自画賛　一七七四年（安永三）

〈秋〉の巻　終り

冬

〈冬〉の巻は〈初時雨（はつしぐれ）〉から。

みのむしの得たりかしこし初しぐれ

「自筆句帳」一七七一年（明和八）

得たりかしこし＝思い通り、バッチリ。
初時雨が来てもちゃんと用意の蓑（みの）をまとった蓑虫の得意気なようす。

絶（たえ）〴〵の雲しのびずよ初しぐれ

「自筆句帳」一七七八年（安永七）

絶え〴〵の雲＝切れ切れの雲（ちぎれ雲）。

しのびず＝堪え切れずに。

ちぎれ雲は、天気が崩れている時に乱層雲の下にできる。速い速度で風に流され、やがて雨をもたらす。

忍び切れずに恋情がほとばしる、と解してもよい。

「鮒ずしや彦根の城（じやう）に雲かゝる」でも恋情（雲雨の情）に触れた。


秋の哀（あはれ）わすれんとすれば初しぐれ

遺草　一七八二年（天明二）か

続いて、さまざまな〈しぐれ〉の競演。

楠(くす)の根を静(しづか)にぬらすしぐれ哉(かな)

「自筆句帳」一七六八年（明和五）

春雨や小磯の小貝ぬるゝほど

初冬の通り雨と春雨の風情の違いを味わう。

遠山(とほやま)に夕日一(ひと)すぢ時雨(しぐれ)哉(かな)

『落日庵』一七六八年（明和五）か

遠くの山に夕日が差している。ここにはしぐれが。

化(ばけ)そうな傘(かさ)かす寺の時雨(しぐれ)哉(かな)　「自筆句帳」一七七一年（明和八）

化そうな傘＝ひどい破れ傘のことか。しかし、貸してくれないよりましだが……。

しぐるゝや堅田(かただ)へおりる雁(かり)ひとつ　『落日庵』一七七〇年（明和七）か

堅田＝琵琶湖畔、近江八景の一つ。
芭蕉の絶唱「堅田にて／病鳫(やむかり)の夜さむに落(おち)て旅ね哉(かな)」に寄り添った句。

夕時雨（ゆふしぐれ）閾（シキミ）に蓑（みの）の雫（しづく）かな

『月並発句帖』一七七四年（安永三）

閾＝敷居（しきい）。

時雨の詩人、旅する先人、芭蕉の姿、面影が夕景の中に髣髴（ほうふつ）とする。芭蕉の命日は「時雨忌」（旧暦十月十二日）。


老（おい）が恋わすれんとすればしぐれかな

大魯宛　一七七四年（安永三）

蕪村五十九歳の句。晩年の蕪村には、うめ、小糸という二人、あるいはそれ以上の女性との交情があった。

しぐれとは恋情を誘うものだが、その恋情を老いとしぐれにおいて再発見、いや再発動（情）させつつ、それを忘れようとする。しかし、忘れようとすればするほど、恋情はいやまさる。しぐれは止みそうにみえて、林の奥をいつまでも濡らしている。「をり〳〵時雨しめやかに林を過ぎて落葉の上をわたりゆく音静かなり」（国木田独歩『武蔵野』）

こがらしや何に世わたる家五軒

「自筆句帳」一七六八年（明和五）

何をたつきに生活しているのか分からないが、身を寄せ合うように家が五軒並んでいる。

さみだれや大河を前に家二軒
月天心貧しき町を通りけり

金福寺(こんぷくじ)芭蕉翁墓

我(われ)も死して碑(ひ)に辺(ほとり)せむ枯尾花(かれをばな)

『句集』一七七七年(安永六)か

枯尾花＝枯れ薄のこと。
蕪村らが中心になって、北白川の金福寺に芭蕉追慕の碑を建立(こんりゅう)した。芭蕉追善集『枯尾華(かれおばな)』(元禄七年)の名も句中に込める。

おどろきし風さへなくて枯尾花

無宛名　一七八〇年(安永九)か

秋来(き)ぬと目にはさやかに見えねども風の音にぞおどろかれぬる

風の音が秋を告げたが、冬は音も動きもなく、枯尾花の姿の中に来ている。

藤原敏行（『古今和歌集』）

狐火(きつねび)の燃(もえ)つくばかり枯尾花　『月並発句帖』一七七四年（安永三）

安永三年九月二十三日付の大魯宛(たいろ)の手紙に、まず「狐火の燃えつくばかりかれ尾花」の句があり、その隣につづけて、「老が恋わすれんとすればしぐれかな」がある。蕪村はこの頃、かなり重い病いに苦しんでいたことが知られている。衰えゆく情念の火を何としても絶やしたくないという、ありとしもなき思いが句に揺曳(ようえい)する。

「狐火」はまた冬の季題である。「狐火」とは、山野の闇(やみ)に現われる正体不明の火。狐が吐く青白い炎。夜、風に波打つ薄(すすき)を狐火とみたのか、あるいは狐火が薄を燃え上がらせようとしているのか。

老いにこそ情念の凝固がある。そこへ次の句が来る。

狐火や髑髏（どくろ）に雨のたまる夜に

「自筆句帳」一七七五年（安永四）か

髑髏は、当時の日本の野山にはいくらでもあった。行き倒れた人々のむくろ。蕪村の怪奇趣味などとの評もあるが、むしろ蕪村はリアリストなのだ。

*

野は枯（かれ）てことに尊（たつと）き光堂

『落日庵』一七六九年（明和六）か

光堂＝中尊寺金色堂。

五月雨の降のこしてや光堂
旅に病で夢は枯野をかけ廻る

この芭蕉の二句を背後に置いて、「野は枯て……」を読むと、蕪村の芭蕉への讃仰の念がよく見える。

秋の野のにしきの裏は枯野哉

「自筆句帳」一七六九年（明和六）か

子を捨る藪さへなくてかれ野哉

「自筆句帳」一七七〇年（明和七）か

山越る人にわかれてかれ野かな

『夜半叟』一七八二年(天明二)か

*

真直に道あらはれて枯野かな

『十家類題集』年次未詳

*

鴛に美をつくしてや冬木立

「自筆句帳」一七五一年(宝暦元)

*

斧入レて香におどろくや冬木立

「自筆句帳」一七七三年(安永二)か

*

古池の蛙老（かはづおい）ゆく落葉哉（かな）　　短冊（『花実集』）年次未詳

この句には「祖翁の句を襲ひて」と前書がある。

かつて古池に飛び込んだ蛙も老いて、落葉の下で眠ってでもいるか。

古池や蛙飛（かはづとび）こむ水のおと

しかし、この句のどこがすごいのだろうか。蕉風開眼の一句、つまり俳諧に革命をもたらした名句として読まれ、この句が生まれて三百年以上たっても、その評価はゆるがない。しかし、正岡子規は、「古池の句の意義は一句の表面に現れたるだけの意義にして、また他に意義なる者無し」（「古池の句の弁」）と言い放つ。

古池に蛙が飛び込んで、水の音がした。そこで、はっとそれまでの閑（しず）けさに気がついて、驚いた。まあそんなところか。

さらに一つ、蕪村の古池の句を。

古池に草履沈みてみぞれかな

「自筆句帳」一七六九年（明和六）か

＊

葱買て枯木の中を帰りけり

「自筆句帳」一七七七年（安永六）か

細長い葱の白と枯木の黒（焦茶）、白黒の格子模様とカ音の響き。

鮎くれてよらで過行夜半の門（夏）
月天心貧しき町を通りけり（秋）

むさし野や笠に音聞霰かな　『落日庵』一七六九年（明和六）か

西国の人々にとって、武蔵野は広大な原野だった。つい最近まで。「夜更けぬ。風死し林黙す。雪頻りに降る。燈をかゝげて戸外をうかゞふ、降雪火影にきらめきて舞ふ。あゝ武蔵野沈黙す。而も耳を澄せば彼方の林をわたる風の音す、果して風声か」（国木田独歩『武蔵野』）。

宿かさぬ燈影や雪の家つゞき　「自筆句帳」一七六八年（明和五）

若き蕪村が関東遊学、放浪中の足取りは大まかにしか分かっていない。「夜半翁終焉記」に記す蕪村の回想には、「野総・奥羽の辺鄙にありては途に煩ひ、ある時は飢もし、寒暑になやみ、うき旅の数々、命つれなくからきめ見しもあまたたびなりし」

とある。

住吉(すみよし)の雪にぬかづく遊女哉(かな)

「自筆句帳」一七七七年（安永六）か

一転、上方(かみがた)、大坂の雪である。大坂・住吉大社は神功皇后を祀(まつ)る、海運の守護神。また遊女の信仰を集めた。松で有名。松＝待つに懸けて、遊女は雪化粧の住吉(すみよし)さんに何を祈るのか。

繋馬(つなぎうま)雪一双(いっさう)の鐙(あぶみ)かな

「自筆句帳」一七七〇年（明和七）か

鐙に積もる雪で、雪景色全体が写し取られる。

雪の暮鴫（しぎ）はもどつて居るような　『句集』年次未詳

心なき身にもあはれは知られけり鴫立つ沢の秋の夕暮　西行

飛び立つ鴫と戻る鴫。最愛の一人娘くのを嫁がせたが（飛び立たせた？）、嫁ぎ先の苦労をみかねて、半年後に取り戻している。「もどつて居るような」の口語調にはそんな、ほっと安心したような気配がある。

*

「夜色楼台雪万家図」を次頁に掲げる。
蕪村晩年に近い作で、近世水墨画中の傑作とされる。
――重く垂れ込めた空、雪に埋れた夜の連山と街が墨で描かれている（二七・三×

一二九・三cm、掛軸　紙本墨画）。雪の白さ、暗い空、なおも降りつづいて街を閉じこめる雪。しかし、その中に淡い代赭の色が、小家や楼閣、寺院の窓などに施され、ほのかなあかりが点り、それがぼうっと雪をも染めている。そして、しんしんと降る雪の中に鐘の声が聞こえ、それが一つに溶け込んで……。

私は夢から醒めたように、画中から出る。「夜色楼台雪万家図」は、京都・東山を、どことも知れぬ高い視点から描いたものだ。街はおそらく祇園界隈。

この絵を見るたびに、私は谷崎が酷愛した地唄「雪」の詞を口ずさむ。

花も雪もはらへば清き袂かな、合ほんにむかしのことよ、わが待つ人もわれを待ちけん。合鴛鴦の雄鳥にもの思ひ羽の、凍る衾に鳴く音はさぞな、さなきだに、心も遠き夜半の鐘、合きくもさびしきひとり寝の、枕にひゞくあられのおとも、もしやといつそせきかねて、おつる涙のつらゝより、合つらき生命は惜しからねども、恋しき人は罪ふかく、思はん合ことの悲しさに、捨てた憂き、合捨てた浮世の山かづら。

夜色楼台雪万家図（部分）
国宝　紙本墨画淡彩　一幅　27.3×129.3　18世紀　個人蔵

夜の雪寝てゐる家は猶(なほ)白し

竹巣集草稿　年次未詳

桃(たう)源(げん)の路(ろ)次(し)の細さよ冬ごもり

「自筆句帳」一七六九年（明和六）か

屋根ひくき宿うれしさよ冬籠(ごもり)

『落日庵』一七六九年（明和六）か

蕪村の住所は、四条烏丸(からすま)東入ル町の路地の奥だった。

冬ごもり壁をこゝろの山に倚(よる)

居眠りて我にかくれん冬ごもり

「自筆句帳」一七七五年（安永四）

冬ごもり心の奥のよしの山

「自筆句帳」一七七五年（安永四）

雪折（ゆきをれ）やよしのゝゆめのさむる時

「自筆句帳」一七七五年（安永四）か

「自筆句帳」一七七八年（安永七）

雪折＝雪の重みで竹や木の枝の折れる音、あるいは雪の落ちる音。

＊

臨終三句。

第一句

冬鶯むかし王維が垣根哉　『から檜葉』一七八三年（天明三）

生涯敬慕してやまなかった盛唐の詩人王維にいとまの挨拶、あるいはこれからそちらへ参りますとの挨拶か。

冬うぐいすの鳴き声（春の鳴き声とは違って、チュッ、チュッと、いわゆる笹鳴き）が聞こえる。あれは昔、輞川にある王維の別荘の垣根で鳴いていたものだ。それがいま、千年と三千キロの時空を超えてやってきた。あるいは蕪村自身がそちらへ行ったのかもしれない。

王維（七〇一頃－七六一）――唐代を代表する詩人、画家。役人としても官界のトップにいたが、四十歳を過ぎて、長安の南・藍田（らんでん）の山中輞川（もうせん）に別荘を買い、隠棲（いんせい）生活を送った。

鹿　柴

空山不見人
但聞人語響
返影入深林
復照青苔上（上声養韻）

鹿（ろく）　柴（さい）

空山（くうざん）　人を見ず
但（ただ）人語（じんご）の響（ひび）くを聞く
返影（へんえい）　深林（しんりん）に入り
復（また）青苔（せいたい）の上を照らす

『唐詩三百首3』（蘅塘退士編、目加田誠訳注、東洋文庫267、平凡社）。左も同じ。

人影もない山中
かすかに人の声だけが聞こえる
夕日は深い木々に差し込み
青苔をも照らし出す

送　別

山中相送罷
日暮掩柴扉
春草明年緑
王孫帰不帰（平声微韻）

送　別

山中　相(あい)送り罷(や)み
日暮(にちぼ)　柴扉(さいひ)を掩(おお)う
春草(しゅんそう)　明年緑(みょうねんみどり)なるも
王孫(おうそん)　帰るや帰らざるや

山中に人を見送り
夕ぐれに柴の戸閉ざす
また緑の春が巡って来ようとも
君は帰るや帰りまさずや

第二句

うぐひすや何ごそつかす藪(やぶ)の霜

『から檜葉』一七八三年（天明三）

ごそつかす＝カサコソと音を立てる。

天明三年（一七八三）十二月二十五日未明、蕪村は不帰の客となった。六十八歳である。

十二月二十四日の夜、

病体いと静(しづか)に、言語も常にかはらず。やをら月渓をちかづけて、病中の吟あり、いそぎ筆とるべしと聞(きこゆ)るにぞ、やがて筆硯(ひつけん)・料帋(れうし)やうのものとり出(いづ)る間(ま)も心あはただしく、吟声を窺(うかが)ふに、

冬鶯(ふゆうぐひす)むかし王維(わうゐ)が垣根哉(かな)

うぐひすや何ごそつかす藪(やぶ)の霜

ときこえつゝ猶工案のやうすなり。しばらくありて又、

しら梅に明る夜ばかりとなりにけり

こは初春と題を置べしとぞ。此三句を生涯語の限とし、睡れるごとく臨終正念にして、めでたき往生をとげたまひけり。

第三句

しら梅に明る夜ばかりとなりにけり

『から檜葉』一七八三年（天明三）

しかし、私はさらに次の句を最後に置いてみたい。

いざや寝ん元日は又翌(あす)の事

「自筆句帳」一七七二年（安永元）か

〈冬〉の巻　終り

春風馬堤曲(しゅんぷうばていきょく)

安永六年（一七七七）、蕪村六十二歳の二月、伏見の門人柳女(りゅうじょ)・賀瑞(がずい)母子に宛てた手紙がある。

さてもさむき春ニて御座候(ございそうろう)。いかゞ御暮被成(おんくらしなされ)候や、御ゆかしく奉存(ぞんじたてまつり)候。しかれば、春興小冊漸(ようやく)出板ニ付(つき)、早速御めニかけ申(もうし)候。外(ほか)へも乍御面倒(ごめんどうながら)早々御達(おんたつし)被下度候。延引ニ及候故、片時はやく御届可被下候。

一、春風馬堤曲（馬堤ハ毛馬塘也。則、余が故園也。）

余、幼童之時、春色清和の日ニハ、必友どちと此堤上ニのぼりて遊び候。水ニハ上下ノ船アリ、堤ニハ往来ノ客アリ。其中ニハ、田舎娘の浪花ニ奉公して、かしこく浪花の時勢粧に倣ひ、髪かたちも妓家の風情をまなび、□・伝しげ太夫の心中のうき名をうらやみ、故郷の兄弟を恥いやしむもの有。されども、流石故園ノ情ニ不堪、偶親里に帰省するあだ者成べし。浪花を出てより親里迄の道行にて、引道具ノ狂言、座元夜半亭と御笑ひ可被下候。実ハ愚老懐旧のやるかたなきよりうめき出たる実情ニて候。（下略）

時勢粧―ファッション。妓家―遊郭、妓楼。□・伝―欠字　不明。夜半亭―蕪村別号。
（書き下し文は、尾形仂校注『蕪村俳句集』岩波文庫に拠る。以下も同）

「春風馬堤曲」は、発句形式と五言絶句の漢詩四首と漢詩訓み下し体との混淆よりなる、自由詩の実験的試み、斬新、新鮮な前衛詩と言える。

「曲」は元来、中国古来の「楽府詩」のことである。楽府詩（楽府）とは「高下長短、委曲情を尽し、以て其の微を道う、書して曲と曰う」（徐師曾撰『文体明弁』、芳賀徹

『與謝蕪村の小さな世界』より）。

漢詩には押韻（おういん）、対偶（たいぐう）、平仄（ひょうそく）といった厳格な規則の他に五言・七言律詩（八句より成る）、五言・七言絶句（四句より成る）の形式がある。これらは唐になって完成されたもので、「近体の詩」と呼ぶ。

「近体の詩」に依（よ）らないものを古詩と言い、「楽府」は古詩に含まれる。「楽府」とは、「元来は漢の武帝（ぶてい）が設立した、音楽を管掌する官庁のことで、その任務は楽譜の制定、楽師の訓練、歌詞の収集で、文人の作品のほかに、民間から民歌をも収集した。こうして収集された楽曲と歌詩を総称して『楽府詩』といい、略称して『楽府』といった」（『中国歴史文化事典』）。

より自由な「楽府」にならって、李白、杜甫、白居易（白楽天）、孟浩然、王維らも盛んに「楽府」形式の詩を作った。「長恨歌」（白居易）、「桃源行」（王維）、「兵車行」（杜甫）、「蜀道難」（李白）などが挙げられるが、極め付きは（時代は唐よりおよそ三百年さかのぼるが）、陶淵明の「桃花源記 幷（ならびに）詩」であろう。

「楽府」（「曲」）の特質はその叙事性（物語）にある。

「春風馬堤曲」は和漢混淆の「楽府」ともいえる。同時に、「桃花源記幷詩」の日本版の試み、果敢な挑戦ともいえるかもしれない。

蕪村を称して、「かな書の詩人」と呼んだのは上田秋成だが、まさに、「これは日本漢詩が宋詩尊重の新風のもとに日常卑近の矚目を写実的に詠っていわば俳諧に近づいてきた時代に、逆に俳諧の方から漢詩に近づこうとした試みともいえるかもしれない」（芳賀徹、前掲書）。

春風馬堤曲

謝蕪邨

余一日問耆老於故園。渡澱水過馬堤。偶逢女帰省郷者。先後行数里。相顧語。容姿嬋娟。癡情可憐。因製歌曲十八首。代女述意。題曰春風馬堤曲。

余、一日、耆老を故園に問ふ。澱水を渡り馬堤を過ぐ。偶 女の郷に帰省する者に逢ふ。先後して行くこと数里、相顧みて語る。容姿嬋娟として痴情憐むべし。因りて歌曲十八首を製し、女に代はりて意を述ぶ。題して春風馬堤曲と曰ふ。

耆老＝老人。六十以上を耆、七十以上を老。故園＝故郷・古里。澱水＝淀川。嬋娟＝なよなよと美しいさま。癡情＝お色気。

春風馬堤曲　十八首

○やぶ入や浪（なには）を出（いで）て長柄（ながら）川

大坂の中心から北長柄橋までおよそ五キロ、毛馬の渡しは約三五〇メートル。やぶ入（藪入り）＝草深い土地に帰る意。正月あけの一月十六日、盆あけの八月十六日に奉公人が暇をもらって帰省すること（いずれも旧暦）。長柄川＝淀川の分流、中津川の古称。

○春風（はるかぜ）や堤（つつみ）長うして家遠し

○堤下摘芳草　荊与蕀塞路　堤より下りて芳草を摘めば　荊（けい）と蕀（きょく）と路（みち）を

塞ぐ

荊棘何無情　裂裙且傷股

荊棘何ぞ無情なる　裙を裂き且つ股を傷つく

○花いばら故郷の路に似たる哉

○渓流石点々　踏石撮香芹
多謝水上石　教儂不沾裙

渓流石点々　石を踏んで香芹を撮る
多謝す水上の石　儂をして裙を沾らさざらしむ

荊棘＝いばら（茨）。裙＝裾、スカート。儂＝一人称「我」の呉の方言。辞書には、「我」の俗語、田舎語とあるが、ならばワシ、アタシ、オレなどとよませるか。

○一軒の茶見世の柳老にけり

○茶店の老婆子儂を見て慇懃に
無恙を賀し且儂が春衣を美ム

老婆子（ろうばす）＝お婆ちゃん。無恙（ぶよう）＝恙（つつが）無いこと。元気なこと。春衣＝正月の晴着。

○店中有二客　能解江南語　　店中二客有り　能（よ）く解す江南（かうなん）の語
酒銭擲三緡　迎我譲榻去　　酒銭三緡（さんびん）を擲（なげう）ち　我を迎へ榻（たふ）を譲つて去る

江南語＝大坂を代表する花街（かがい）「島の内」の廓（くるわ）言葉。三緡＝緡は穴あき銭をつなぐ細紐。一緡は百文。当時の酒一升約二百五十文。榻（とう）＝こしかけ、長椅子。

○古駅三両家猫児妻を呼妻来らず（こえきさんりょうけべうじつまをよぶつまきたらず）

○呼雛籬外鶏　籬外草満地　　雛（ひな）を呼ぶ籬外（りぐわい）の鶏（とり）　籬外の草（くさ）地に満つ
○雛飛欲越籬　籬高墮三四　　雛飛びて籬（かき）を越えんと欲す　籬高うして墮（お）つること三四

古駅＝古い宿場、というよりこの場合、ちっぽけな「道の駅」。猫児＝猫の愛称。籬外＝垣根の外。

一軒の茶見世、二客、三緡、三両家（二、三軒）、墮三四。一、二、三、二三、三四とリズムが刻まれる。

○春艸路三叉（しゅんさうみちさんさ）中に捷径（せふけい）あり我（われ）を迎ふ
○桃源（とうげん）の路次（ろし）の細さよ冬ごもり
○これきりに径尽（こみちつき）たり芹の中
○わが帰る路いく筋ぞ春の草
○愁ひつゝ岡にのぼれば花いばら
○路絶（みちたえ）て香（か）にせまり咲（さく）茨かな
捷径（しょうけい）＝近道。我＝先に「儂」とあった。ここで「我」と表記を変えた意図は？　「儂」を娘の自称、「我」を語り手蕪村の自称とする釈もあるが、択（と）らない。

○たんぽゝ花咲（さけ）り三々五々五々は黄に
三々は白し記得（きとく）す去年（こぞ）此路（このみち）よりす
三々五々五々は黄に、三々は白し、と再びリズムが刻まれる。記得す＝思い出す、覚えている。

○憐ミとる蒲公茎短して乳を沮

先に「たんぽゝ」として、のちに「蒲公」とした意図は奈辺に？　蕪村は秀れた画家であった。文字を声に出してよむだけでなく、目で見る（よむ）ものと考えた。一篇中でも表記に変化があってもおかしくない。例えば、「さみだれや大河を前に家二軒」。これを「さみだれやたいがをまえにいえにけん」と表音文字でよむだけではつまらない。特に大河の文字は絶対に必要である。

憐み＝慈しみから次の「慈母の恩」へ。憐ミとる＝慈しみつつ、そっと採る。

○むかし〳〵しきりにおもふ慈母の恩
　慈母の懐袍別に春あり

○遅き日のつもりて遠きむかし哉

懐袍＝ふところ。袍は、綿を入れた冬のあたたかい衣服。わたいれ。

母のふところにはとびきりの春があった。

○春あり成長して浪花(なには)にあり
梅は白し浪花橋辺(なにはけうへん)財主の家
春情まなび得たり浪花風流(なにはブリ)

あの頃の春は遠い日。今は、すっかりファッショナブルな大人の浪花っ子になった。

浪花八百八橋、大坂は日本の商いの中心。大店、富豪の建物が並び、築地塀に囲まれた庭園には白梅が満開。

浪花橋辺＝「難波(なにわ)橋のほとり」という釈が主だが（確かに難波橋は北浜にある）、択らない。浪花の町にかかった八百八橋のこと。だから「浪花橋辺(なにわきょうへん)」と読ませた。

財主の家は、娘の奉公先を指すのではなく、大坂の都会ぶり、繁栄ぶりを表す。

それでこそ、これ以降の発句体の意味が解しやすくなる。

春情＝色気というよりずばり男女間の情欲、色情。

○郷(きやう)を辞し弟(てい)に負(そむ)く身(み)三春(さんしゆん)
本(もと)をわすれ末(すゑ)を取接木(とるつぎき)の梅

○春情まなび得たり浪花風流(なにはブリ)

娘（女）は花街にいるのである。賢く、浪花の時勢粧(ファッション)も妓家の風情を身につけた、と解する。

「容姿嬋娟」、「癡情可憐」、「能解江南語」もこの解の根拠ともなるだろう。

負く＝別れる。

三春＝三度目の春のことか（？）

すると、上の「本をわすれ……」の句も、単に故郷を捨てた人の懐郷の念の吐露に止まらない、もっと切実、哀切なもの、慚愧（ざんき）の念などがこもっていることになる。だからこそ、故郷春深し行々（ゆきゆき）て又行々（ゆきゆく）、なのである。

○故郷春深し行々（ゆきゆき）て又行々（ゆきゆく）
楊柳（やうりう）長堤道漸（やうや）くくだれり
○行々（ゆきゆき）てこゝに行々（ゆきゆく）夏野かな
「行々重行々、与レ君生別離」（行き行きて重ねて行き行く、君と生きながら別離す）
（『文選』「古詩」）
ここには何か別の世界へ踏み込んでゆく気配がある。
娘と蕪村は、この「行々て又行々」の中で合体して、一つになる。

○矯首(けうしゅ)はじめて見る故園の家黄昏(くわうこん)
戸に倚(よ)る白髪(はくはつ)の人　弟(おとうと)を抱(いだ)き我を
待(まつ)春又春

矯首(きょうしゅ)＝頭を上げる。
黄昏(こうこん)（たそがれ）→黄泉（よみ）

坂を下ると、そこはすでに薄闇に包まれ、その奥に母と弟がいる。母は白髪になっている。にもかかわらず弟は赤ん坊のままである。
三春とはいったいどのような時間なのだろう（行々て又春→春を待つ又春）。蕪村の母は死して既に五十年の歳月が流れている。母に抱かれている弟は、幼児の蕪村自身である。

最後は、皆さんもご存知でしょう、亡き私の友人、太祇の句で締めるとしましょう。

○君不見(みずや)古人太祇(たいぎ)が句
藪入(やぶいり)の寝るやひとりの親の側(そば)

故郷を出る、故郷を捨てるとは「我」を二身に分けることである。そして、いつの日か、この世でかあの世でかは別にして、故郷に帰還して一つになる。娘の藪入り譚が、いつしか「放蕩息子の帰還」、あるいは「冥府下り」の物語に変じて幕を閉じる。

炭太祇（一七〇―九七一）江戸生まれの俳人。蕪村の盟友。京都・島原廓内に不夜庵を結び、遊女たちに読み書きや俳句を教えて生涯を終えた。

「春風馬堤曲」を完成させ、印刷に付し、門弟たちに送った二カ月後の四月八日（安永六年・一七七七）から、蕪村は亡母追善のため、一夏千句、百カ日の「夏行」を始めた。『新花摘』である。

春に始まったこの「饗宴」も、春に戻って、円環を成す。

全集版あとがき

あとは読者に楽しんで貰(もら)うばかり

「蕪村(ぶそん)」がただ好きなだけで、折にふれ句集を繙(ひもと)き、画集を眺めて、暢気(のんき)に過ごしてきた。

二〇〇五年、江戸中期の京大坂を舞台にした小説『花はさくら木』で、蕪村自身に登場願った。

＊

私は、今回、この「巻」を編むに当って、蕪村句を、春に始まり、春に終る、円環を閉じる構成にしたいと考えた。春から夏、秋、冬、そしてまた春へと綯(な)って結ぶ。それを「夜半亭饗宴(シムポシオン)」と名付けた。

「春」の中でも、特に「春風馬堤曲（しゅんぷうばていきょく）」をこの「巻」の掉尾（とうび）に置き、また、亡母追善のための一夏千句の夏行（げぎょう）の俳諧句文集『新花摘（しんはなつみ）』より三十九句を選んで、「夏」とは別立てに、蕪村の生涯に触れながら、これをちょうど「巻」の真ん中に来るよう配した。「春風馬堤曲」と『新花摘』は、蕪村の詩業の双璧と考えたからである。

ようやく編み終わった。あとは読者に楽しんで貰（もら）うばかりとなる。

*

最後に、この「巻」に入れたいと願いながら叶（かな）わなかった、蕪村三十歳の時、年長の友の死に捧げた挽歌（長詩）「北寿老仙をいたむ」を添えることで、「あとがき」まで巻き込んでの「饗宴（シムポシオン）」とならんことを。

君あしたに去（さり）ぬゆふべのこゝろ千々（ちぢ）に
何ぞはるかなる
君をおもふて岡（をか）のべに行（ゆき）つ遊ぶ
をかのべ何ぞかくかなしき
蒲公（たんぽぽ）の黄に薺（なづな）のしろう咲（さき）たる

見る人ぞなき
雉子のあるかひたなきに鳴を聞ば
友ありき河をへだてゝ住にき
へげのけぶりのはと打ちれば西吹風の
はげしくて小竹原真すげはら
のがるべきかたぞなき
友ありき河をへだてゝ住にきけふは
ほろゝともなかぬ
君あしたに去ぬゆふべのこゝろ千ゝに
何ぞはるかなる
我庵のあみだ佛ともし火もものせず
花もまいらせずすご〳〵と彳める今宵は
ことにたうとき

釈蕪村百拝書

参考資料・文献

・『蕪村事典』松尾靖秋・村松友次・田中善信・谷地快一　桜楓社
・『蕪村全句集』藤田真一・清澄典子　おうふう
・『蕪村句集』玉城司　訳注　角川文庫
・『與謝蕪村集』清水孝之　校注　新潮日本古典集成
・『蕪村集　一茶集』暉峻康隆・川島つゆ　校注　日本古典文学大系　岩波書店
・『蕪村の世界』尾形仂　岩波書店
・『蕪村』藤田真一　岩波書店
・『與謝蕪村の小さな世界』芳賀徹　中央公論社
・『与謝蕪村』安東次男　日本詩人選　筑摩書房
・『蕪村俳句集』尾形仂　校注　岩波文庫
・『蕪村書簡集』大谷篤蔵・藤田真一　校注　岩波文庫
・『水墨美術大系　大雅・蕪村』飯島勇・鈴木進　講談社

文庫版あとがきに替えて　補遺

「古池」の句が気になっていた。

古池の蛙老ゆく落葉哉　蕪村

この句には「祖翁の句を襲ひて」と前書がある。さらに一つ。

古池に草履沈みてみぞれかな

祖翁の句とは、言わずと知れた「古池や蛙飛こむ水のおと」。
私は本文中で（一三九ページ）、この句のどこがすごいのだろうか、と自問したうえで、「古池の句の意義は一句の表面に現れたるだけの意義にして、また他に意義なる者無し」との子規の弁をもって、幕を引いてしまった。
古池に蛙が飛びこんでポチャンという音がした、とは確かにとぼけたような句でもある。

折口信夫に『日本文学啓蒙』がある。これは不思議な「文学史」で、あらゆる文学史に逆らって、時代を逆に、言わば河口から水源へと溯るように辿る。前方には常に来た道、過去がある。折口は、明治以後の近代文学を無視して、「江戸時代の文学」から始める。

江戸時代は、日本の文学が非常に盛んになつた時代であると丶もに、多種多様の文学が続出した時代でもあるから（……）、

として、西鶴、近松の町人文学について語ったあと、

——我々の町人生活に於ける理想の文学は何か、といふことを、本道に発見したのが芭蕉であつた。芭蕉は其点で、一番の成功者と言へるであらう。あんなに騒がし

い、あんなに性欲的な、あんなにひょうげた文学であった誹諧の中から、芭蕉は、とんでもない世界を発見した。お互に寂しい。お前も寂しい、俺も寂しい……ふっと、あゝいふやうな気持ちを芭蕉が見出した。さうして芭蕉は、幻影のやうに、ふっと逝って了うた。芭蕉の弟子たちは、芭蕉の摑んだ本道の処を再、摑むことが出来なかつた。

その芭蕉の代表句がこれか……。「蕉風開眼」と称えられて来た「古池」の句。子規の言うように、古池に蛙が飛び込んでポチャンという音がした、ただそれだけ？芭蕉はこの句を貞享三年（一六八六）春、四十三歳の時、深川の芭蕉庵で、仙化、其角、曾良たちと蛙の句合をして詠んだ。

先ず「蛙飛こむ水の音」という七五だけを得て、傍らにいた其角が、「山吹や」と上五を冠した。

和歌の世界では古来、河鹿（蛙の一種、雄は細い美しい声で鳴く）の声と山吹を取り合わせて来た。

かはづ鳴く甘南備河にかげ見えて今か咲くらむ山吹の花　厚見王（『万葉集』）

かはづなくゐでの山吹ちりにけり花のさかりにあはまし物を　　読人知らず
（『古今集』）

其角は、山吹に蛙の美しい声でなく、蛙が水に飛び込むとぼけた音で和歌を脱構築した。これぞ俳諧、と。

しかし、芭蕉は「山吹」を取らず、「古池や」と置いた。「古池に」でも「古池の」でもなく「古池や」である。何故「や」なのか？

私は、以来、「古池や」と詠んだ俳人がないらしいのを不思議に思って来た。「古池や」は聖域（サンクチュアリ）なのだろうか？　謎だ。

この謎を解いてくれたのが、長谷川櫂（はせがわかい）氏の『古池に蛙は飛びこんだか』（中公文庫）だった。以下は長谷川氏の論に拠（よ）る。

先ず、「や」は強い切字（きれじ）の一つであること。「切字を入るは句を切るため也」（芭蕉）。芭蕉は切字の使い方に最も意を注いだ。「や」は生死を隔（へだ）つほど、彼岸此岸（ひがんしがん）を分かつほどの深い断絶……。

——芭蕉は、蛙が飛びこむ水の音を聴いた。静寂がある。芭蕉は目を閉じる。すると、古池のイメージ（面影）が彼の心に浮かぶ……。

（……）芭蕉は蛙が水に飛びこむ音を聞いて扉の前にたたずみ、やがてその扉を押し開いて心の空間に浮かぶ古池を目の当たりにした。それが上五の「古池や」である。これこそまさに古池の句が蕉風開眼の句とたたえられるゆえんだろう。

（『古池に蛙は飛びこんだか』）

古池は彼の心の中にある、というより彼の心そのものだ。蛙は形而下、古池は形而上の存在となる。蛙は、永遠に古池に飛びこめない。

『おくのほそ道』を、三年前に詠まれた古池の句の延長線上においてみると、芭蕉がみちのくへ旅立った動機が浮かび上がってくる。（……）この古池の句で初めて開いた心の世界を芭蕉はみちのくで思う存分に展開してみようとしたのではなかったか。

（同上）

ある日、『おくのほそ道』を読み直すうち、ふと私の脳裡に「古池」という文字から「古典」という言葉が浮かんだ。

老荘、杜甫、李白、王維、蘇東坡らを中心とする漢詩・漢文学の世界と、「万葉」「古今」「新古今」の国文学の世界である。芭蕉の心の空間に浮かぶ「古池」から「みちのく」へと引かれた「ほそ道」がくっきりと見えて来たのである。『おくのほそ道』には、不思議に客観的な自然描写は一行もないことに、私は気付いた。全ては、「古池」が開いた心の世界、「古典」から汲み上げられた世界に染められている。

それに較べて、蕪村は絵画的、描写的、つまり印象主義的と言えようか。風景に内面や寓意を読み取るよりも、ただ光が池の面に揺曳している、きらめいている、光が木の葉に当たって戯れている、ただそれだけを捉えようとする。

だが、そんな理屈はさて措いて、次のようなコラボを味わいたい。

さみだれをあつめて早し最上川　　芭蕉

さみだれや大河を前に家二軒　　蕪村

†

今回、文庫版化に当たって、吉増剛造（よしますごうぞう）氏の蕪村句に寄せての一文を掲載させていただくことが出来た。望外の幸せである。

与謝蕪村年譜

一七一六（正徳六／享保元）年　摂津国東成郡毛馬村（現在の大阪市都島区毛馬町）に生まれる。姓は谷口。その他については未詳。幼少より画を学んだとされる。

一七二八（享保一三）年　一三歳／この頃、母死去（享年未詳）。

一七三五（享保二〇）年　二〇歳／この頃出郷、江戸に下る。

一七三七（元文二）年　二二歳／秋、早野巴人（のち宋阿）に入門。内弟子として日本橋本石町の夜半亭に同居。

一七三八（元文三）年　二三歳／一月、夜半亭『歳旦帖』に一句入集。この時の俳号は宰町（のち宰鳥とも）。現存最古の蕪村の作。夏、撰集『卯月庭訓』に自画賛が入集。以後、頻繁に夜半亭関係の俳書に入集するようになる。

一七四二（寛保二）年　二七歳／六月、師・宋阿死去（享年六七）。遺稿集『一羽烏』の編纂を図るも果たせず。江戸を去り、下総国結城（茨城県結城市）の同門・砂岡雁宕を頼る。以後、一〇年ほど関東東北各地を巡る。

一七四四（寛保四／延享元）年　二九歳／春、宇都宮にて自撰の『歳旦帖』刊行。初めて蕪村の号を用いる。

一七四五（延享二）年　三〇歳／一月、結城の早見晋我（北寿）死去（享年七五）。追悼の俳体詩「北寿老仙をいたむ」を詠む（一七七七〔安永六〕年作の説もある）。

一七五一（寛延四／宝暦元）年　三六歳／八月、京に上り、以後、巴人（宋阿）の門弟らを頼り、京に住まう。京では主に絵画修行に励む。この頃より画師として生計を立てるようになる。

一七五四（宝暦四）年　三九歳／丹後国宮津（京都府宮津市）へ行き、見性寺竹渓のもとに寄寓する。以後三年ほど宮津に滞在、「十二神仙図」など数多くの作品を残している。

一七五七（宝暦七）年　四二歳／九月、宮津真照寺の鷺十に「天橋自画賛」を画き贈り、京へ帰る。

一七六〇（宝暦一〇）年　四五歳／この頃より与謝氏を称し、居を三菓軒と号する。この頃、ともと結婚か。ともについては出自未詳。河内国（大阪府）の出身か。

一七六一（宝暦一一）年　四六歳／この頃、娘くの誕生か。

一七六六（明和三）年　五一歳／六月、三菓社を結成、初めての句会を開く。連衆は蕪村、炭太祇、黒柳召波ら八名。九月、妻子を残して讃岐国へ。一年半ほど讃岐国に滞在。その間、丸亀の妙法寺に「蘇鉄図」等の作品を残す。

一七六八（明和五）年　五三歳／三月、『平安人物誌』画家の部に住所「四条烏丸東へ入町」とある。四月、京へ帰る。五月、三菓社の句会を再開。以後、頻繁に句会を行う。

一七七〇（明和七）年　五五歳／三月、師・巴人（宋阿）の夜半亭を継承。俳諧宗匠として立机する。三菓社中を夜半亭社中と改める。七月、高井几董が入門。同じ頃に吉分大魯が入門。

一七七一（明和八）年　五六歳／一月、歳旦帖『明和辛卯春』刊行、夜半亭襲名披露とする。八月、池大雅と「十便十宜図」を画く。これにより画師としての評判が確かなものとなった。同月、太祇死去（享年六三）。一二月、召波死去（享年四五）。

盟友と高弟を相次いで失う。冬、小摺物『夜半亭月並』刊行。

一七七二（明和九／安永元）年　五七歳／九月、『太祇句選』序文を書く。秋、撰集『其雪影』（几董編）刊行。

一七七三（安永二）年　五八歳／七月、雁宕死去（享年未詳）。九月、伊勢から三浦樗良を迎え、几董、嵐山と一夜四歌仙を興行、『此ほとり』として刊行。秋、『あけ烏』（几董編）刊行。松村呉春（月渓）が入門か。

一七七四（安永三）年　五九歳／一月、上田秋成の『也哉抄』に序文を書く。一〇月、加藤暁台らと芭蕉忌追善の俳諧興行。

一七七五（安永四）年　六〇歳／前年初冬より病気がちとなる。『平安人物誌』画家の部に住所「仏光寺烏丸西へ入町」とある。

一七七六（安永五）年　六一歳／四月、金福寺（京都市左京区一乗寺才形町）境内に芭蕉庵再興を計画、写経社を結成する。同月、池大雅死去（享年五四）。冬、撰集『続明烏』（几董編）刊行。この頃大坂に下る。一〇月、大坂で病臥。一二月、一人娘くの結婚。

一七七七（安永六）年　六二歳／一月中旬以降、体調すぐれず。二月、春興帖『夜半楽』刊行。四月、『新花摘』執筆。五月、娘くの離婚。一二月、『春泥句集』に序文を書く。

一七七八（安永七）年　六三歳／この年の前後、『おくのほそ道』をモチーフとした画巻や屏風画を多く画く。

一七七九（安永八）年　六四歳／四月、連句修行を目的として檀林会を結成。

一七八〇（安永九）年　六五歳／七月頃より几董と両吟を巻き、一一月、撰集『桃李』として刊行。

一七八一（安永一〇／天明元）年　六六歳／五月、金福寺芭蕉庵が落成、「洛東芭蕉庵再興記」を執筆して金福寺に奉納する。

一七八二（天明二）年　六七歳／五月、撰集『花鳥編』を刊行。七月、『平安人物誌』画家の部に再録される。

一七八三（天明三）年　六八歳／三月、暁台主催の芭蕉百回忌取越追善俳諧興行に出座する。九月、宇治に遊び、紀行文「宇治行」成る。晩秋より持病の胸痛により病床につく。一二月、撰集『五車反古』（黒柳維駒編）刊行。一二月二五日未明死去。

一七八四（天明四）年　一月、金福寺にて葬儀、芭蕉庵の傍らに埋葬される。春、追悼集『から檜葉』刊行。一二月、『蕪村句集』（几董編）刊行。

作成／大谷弘至（俳人）

蕪村心読

吉増剛造

詞書

臨終三句ノ

しら（白 or シラ）* 梅に明(あく)る夜ばかりとなりにけり　*引用者補記。傍点引用者

今号ハ、少しく、……ト綴りハじめて、〝イツモジツハソウデハナイノカ、スコシク、……伽゛タカイ（他界）カラノコエデハ、……〟ト、声ノ底ノおふぼいす（off-voice）伽゛、聞こへテルらしいソノ声ノ渦中ニ、静かな、ツギノ、ツギノ、……ツギノ、…（次ぎノ、継ぎノ、接ぎノ、……or（鳥語のような、……）チギチギノ、……）波頭(ナミガシラ)伽゛顕(タ)ツよ――ニト、言葉伽゛シ手留らしい……。テル、テル、……？

今号ハ、少しく、……ト、綴りハじめたノニハ理由伽゛あった、……。ノニハ、……（コノ声環(ハ)、……「野庭(ノニハ)」ラシイノダケレド毛(モ)、……）

あるひは〝ノニハ〟や〝テル〟、……片仮名ノ妖精ら伽゛、優れてあたらしい読みの目

に触れて、片仮名ノ妖精ら毛（モ）、幻のブタイ（板イタ）ニ、不図、居住まいを正した、……そのコトバノノニハ（野庭、……）であったようだ……。優れてあたらしい読みの目ハ、こうだ。ここニハ言葉ノ匂ひが確実ニ漂浮（たゞよい）はじめ、……テル。優れてあたらしい読み手ハ、辻原登氏。

新刊ノ『日本文学全集12』（河出書房新社二〇一六年六月三〇日刊）ノ蕪村のページ、……（「夜半亭饗宴」一九四頁～一九六頁）伽匂ひたつ伽ごとし、……。辻原氏ハ（「梅咲（さき）ぬどれがむめやらうめじややら」の蕪村句を引いて曰ク、……）〝句中に散らした「ぬ」や「む」、「め」「う」「や」の字に注目しよう。まるで「梅」の花びらのようではないか。〟ト。ホーーコレハ、ヱ（絵）ニモナラヌ、ショ（書）デモ、ケシテ、ナイ、（ハダカノ）字たちの立姿への讃嘆だぜ（世）、……。ホーー。さらに氏ハ、……（〝蕪村にこういう句もある〟と、サリゲナク、……だな、このトーンの匂ひ、……によって、蕪村の絶吟「しら梅に明（あく）る夜ばかりとなりにけり」二句ひをと、ど、か、せ、手、……）書く。〝それにしてもなぜ「白梅」でなく「しら梅」なのか（波線引用者。）。白とシラ（シロ）は違う。……シラとは何か。沖縄など南島の稲魂（いなだま）・産屋（うぶや）を意味するシラ、アイヌの神シラル・カムイ、ジャワ語の光線を意味するシラ、サモア語では稲妻。エスキモー・シャーマニズムでは〈シラ〉は世界、天候、地上のあらゆる生命を支える大いなる精霊を指すという。大和語（やまとことば）でも同じ……。蕪村が知らぬはずはない。だから使い分けた。〟ト。辻原登氏の目の覚めるような、……コノ匂ひたつ、……というノよりも、匂ひがシ（ン）ラと、ヒラゲラレテユク、ヨ——ナ卓見ニ付け加えることハ、ほとんドナイ。……トすると（東北漂泊の蕪村原体験ノなかデ、……）〟オシラサマ〟を耳ニ入れていたことハホヾ確実だ。もひとつハ、わたくしめノ痛いような改悟ダッタ。長い間（ほゞ四十年も、……）〟しら梅の〟か〟しら梅に〟、固、駄、羽、ッ茶ッ太、……。ノニハ（野庭だろうな、……）ハ、どうやら、その悔悛の秘跡ノ、唖、裸、羽、零、……だった。

（『ふらんす堂通信』一四九号〔二〇一六年七月三一日発行〕より、連載「蕪村心読」の第九回を抜粋転載）

本書は、二〇一六年六月に小社から刊行された『松尾芭蕉　おくのほそ道／与謝蕪村／小林一茶／とくとく歌仙』（池澤夏樹＝個人編集　日本文学全集12）より、「与謝蕪村」を収録しました。文庫化にあたり、「文庫版あとがき」「蕪村心読」を加えました。

kawade bunko
古典新訳コレクション

与謝蕪村（よさぶそん）

二〇二五年 四 月一〇日 初版印刷
二〇二五年 四 月二〇日 初版発行

選　者　辻原登（つじはらのぼる）
発行者　小野寺優
発行所　株式会社河出書房新社
　　　　〒一六二-八五四四
　　　　東京都新宿区東五軒町二-一三
　　　　電話〇三-三四〇四-八六一一（編集）
　　　　　　〇三-三四〇四-一二〇一（営業）
　　　　https://www.kawade.co.jp/

ロゴ・表紙デザイン　粟津潔
本文フォーマット　佐々木暁
本文組版　KAWADE DTP WORKS
印刷・製本　中央精版印刷株式会社

Printed in Japan ISBN978-4-309-42179-7

河出文庫 古典新訳コレクション

古事記 池澤夏樹[訳]
百人一首 小池昌代[訳]
竹取物語 森見登美彦[訳]
伊勢物語 川上弘美[訳]
源氏物語1〜8 角田光代[訳]
堤中納言物語 中島京子[訳]
土左日記 堀江敏幸[訳]
枕草子上・下 酒井順子[訳]
更級日記 江國香織[訳]
平家物語1〜4 古川日出男[訳]
日本霊異記・発心集 伊藤比呂美[訳]
宇治拾遺物語 町田康[訳]
方丈記・徒然草 高橋源一郎・内田樹[訳]
能・狂言 岡田利規[訳]
好色一代男 島田雅彦[訳]
雨月物語 円城塔[訳]
通言総籬・仕懸文庫 いとうせいこう[訳]
春色梅児誉美 島本理生[訳]
曾根崎心中 いとうせいこう[訳]
女殺油地獄 桜庭一樹[訳]
菅原伝授手習鑑 三浦しをん[訳]
義経千本桜 いしいしんじ[訳]
仮名手本忠臣蔵 松井今朝子[訳]
松尾芭蕉/おくのほそ道 松浦寿輝[選・訳]
与謝蕪村 辻原登[選]
小林一茶 長谷川櫂
近現代詩 池澤夏樹[選]
近現代短歌 穂村弘[選]
近現代俳句 小澤實[選]

*以後続巻
*内容は変更する場合もあります

家族写真
辻原登　41070-8

一九九〇年に芥川賞受賞第一作として掲載された「家族写真」を始め、「初期辻原ワールド」が存分に堪能出来る華麗な作品七本が収録された、至極の作品集。十五年の時を超えて、初文庫化！

松尾芭蕉／おくのほそ道
松浦寿輝〔選・訳〕　42133-9

東北・北陸の各地を旅し、数々の名句や研ぎ澄まされた散文による夢幻的紀行「おくのほそ道」の新訳に加え、芭蕉の生み出した句の中から傑作を精選、各句を深く鑑賞し、解釈する。

小林一茶
長谷川櫂　42075-2

誰にでもわかる言葉、細やかな心理描写……近代俳句は一茶からはじまる。生涯で詠んだ約二万句から百句を精選し、俳人・長谷川櫂が解説を付す。波乱に満ちた人生に沿いながら見えてくる「新しい一茶」像。

菅原伝授手習鑑
三浦しをん〔訳〕　42153-7

菅原道真に恩義を受けた三つ子、梅王丸・松王丸・桜丸が主君への忠義との間で葛藤する。書道の奥義、親子の愛憎、寺子屋の悲劇。歌舞伎や文楽で今も愛される名作浄瑠璃を血の通った名訳で。

通言総籬・仕懸文庫
いとうせいこう〔訳〕　42146-9

江戸のマルチクリエイター・山東京伝による、吉原・浅草芸者の風俗を描いた黄表紙と洒落本の傑作、かつ当時発禁処分となった２篇を画期的現代語訳で。「仕懸文庫」は本邦初作家訳し下ろし。

雨月物語
円城塔〔訳〕　42151-3

江戸の上田秋成が中国小説や日本古典を自在に翻案、超絶技巧を駆使した怪異奇談集の傑作を、現代の円城塔による精緻で流麗、史上最高の現代語訳でおくる。「白峯」「菊花の約」他、全９編。

平家物語　1

古川日出男〔訳〕　41998-5

混迷を深める政治、相次ぐ災害、そして戦争へ——。栄華を極める平清盛を中心に展開する諸行無常のエンターテインメント巨篇を、圧倒的な語りで完全新訳。文庫オリジナル「後白河抄」収録。

平家物語　2

古川日出男〔訳〕　42018-9

さらなる権勢を誇る平家一門だが、ついに合戦の火蓋が切られる。源平の強者や悪僧たちが入り乱れる橋合戦を皮切りに、福原遷都、富士川の遁走、奈良炎上、清盛入道の死去……。そして、木曾に義仲が立つ。

平家物語　3

古川日出男〔訳〕　42068-4

平家は都を落ち果て西へさすらい、京には源氏の白旗が満ちる。しかし木曾義仲もまた義経に追われ、最期を迎える。宇治川先陣、ひよどり越え……盛者必衰の物語はいよいよ佳境を迎える。

平家物語　4

古川日出男〔訳〕　42074-5

破竹の勢いで平家を追う義経。屋島を落とし、壇の浦の海上を赤く染める。那須与一の扇の的で最後の合戦が始まる。安徳天皇と三種の神器の行方やいかに。屈指の名作の大団円。

源氏物語　1

角田光代〔訳〕　41997-8

日本文学最大の傑作を、小説としての魅力を余すことなく現代に甦えらせた角田源氏。輝く皇子として誕生した光源氏が、数多くの恋と波瀾に満ちた運命に動かされてゆく。「桐壺」から「末摘花」までを収録。

源氏物語　2

角田光代〔訳〕　42012-7

小説として鮮やかに甦った、角田源氏。藤壺は光源氏との不義の子を出産し、正妻・葵の上は六条御息所の生霊で命を落とす。朧月夜との情事、紫の上との契り……。「紅葉賀」から「明石」までを収録。

源氏物語【全8巻】セット

角田光代〔訳〕 85336-9

「とにかく読みやすい」と話題！　日本文学最大の傑作を、小説としての魅力を余すことなく現代に甦えらせた角田源氏。輝く皇子として誕生した光源氏が、数多くの恋と波瀾に満ちた運命に動かされてゆく。

伊勢物語

川上弘美〔訳〕 41999-2

和歌の名手として名高い在原業平（と思われる「男」）を主人公に、恋と友情、別離、人生が描かれる名作『伊勢物語』。作家・川上弘美による新訳で、125段の恋物語が現代に蘇る！

更級日記

江國香織〔訳〕 42019-6

菅原孝標女の名作「更級日記」が江國香織の軽やかな訳で甦る！東国・上総で源氏物語に憧れて育った少女が上京し、宮仕えと結婚を経て晩年は寂寥感の中、仏教に帰依してゆく。読み継がれる傑作日記文学。

好色一代男

島田雅彦〔訳〕 42014-1

生涯で戯れた女性は三七四二人、男性は七二五人。伝説の色好み・世之介の一生を描いた、井原西鶴「好色一代男」。破天荒な男たちの物語が、島田雅彦の現代語訳によってよみがえる！

仮名手本忠臣蔵

松井今朝子〔訳〕 42069-1

赤穂浪士ドラマの原点であり、大星由良之助（＝大石内蔵助）の忠義やお軽勘平の悲恋などでおなじみの浄瑠璃、忠臣蔵。文楽や歌舞伎で上演され続けている名作を松井今朝子の全訳で贈る、決定版現代語訳。

百人一首

小池昌代〔訳〕 42023-3

恋に歓び、別れを嘆き、花鳥風月を愛で、人生の無常を憂う……歌人百人の秀歌を一首ずつ選び編まれた「百人一首」。小池昌代による現代詩訳と鑑賞で、今、新たに、百人の「言葉」と「心」を味わう。